2007
We the People Bookshelf

Made possible by a grant from
ALA, PPO, and NEH

4-07

Tuck para siempre

Tuck para siempre

—NATALIE BABBITT—

Traducción de Narcis Fradera

MIRASOL / *libros juveniles*

FARRAR · STRAUS · GIROUX

NEW YORK

Original title: TUCK EVERLASTING

Copyright © 1975 by Natalie Babbitt

Spanish translation copyright © 1989

by Ediciones B.S.A., Barcelona, Spain

All rights reserved

Library of Congress catalog card number: 91-12756

Distributed in Canada by Douglas & McIntyre Ltd.

Printed and bound in the United States of America

First Mirasol edition, 1991

Mirasol paperback edition, 1993

15   17   16   14

ISBN-13: 978-0-374-48011-0 (pbk.)

ISBN-10: 0-374-48011-7 (pbk.)

Tuck para siempre

Prólogo

Prólogo

La primera semana de agosto queda suspendida en el punto más álgido del verano, el punto más álgido de todo el año, como la cabina más alta de una noria cuando ésta cesa de girar. Las semanas precedentes sólo son una ascensión desde la tibieza de la primavera, y las posteriores, una caída en picado hasta el frío del otoño; pero la primera semana de agosto es inmóvil y tórrida. Y también curiosamente silenciosa, con claros amaneceres blancos, cenits deslumbrantes y crepúsculos embadurnados de excesivo color. A menudo, por la noche, un rayo rasga el cielo, pero sin más. No hay truenos ni el consuelo de la lluvia. Son días extraños y agobiantes, días de canícula, en los que las personas se sienten impulsadas a hacer cosas, aun sabiendo que luego se arrepentirán.

Un día no muy lejano, durante esa época, ocurrieron tres cosas que, al principio, no parecían guardar ninguna relación.

Al alba, Mae Tuck, montada a caballo, se dirigió al bosque que había en las afueras del pueblo de Treegap. Como cada diez años, iba al encuentro de sus dos hijos, Miles y Jesse.

A mediodía, a Winnie Foster, cuya familia era la propietaria del bosque de Treegap, se le agotó la poca paciencia que le quedaba y decidió fugarse.

Y al atardecer, un forastero apareció en la puerta de los Foster. Estaba buscando a alguien, pero no dijo a quién.

Ninguna relación, como veis. Pero las cosas pueden confluir entre ellas por razones extrañas. El bosque estaba en el centro, era el eje de la rueda. Todas las ruedas tienen un eje. Y las norias también, de la misma manera que el sol es el eje del reloj del mismo nombre. Son puntos fijos, y más vale dejarlos en paz, ya que sin ellos nada se aguanta en pie. Pero eso a veces se descubre demasiado tarde.

1

El camino que conducía a Treegap lo había trazado mucho tiempo atrás un rebaño de vacas que se lo tomaban, por decir algo, con mucha calma. Describía curvas, ángulos suaves, se desviaba en una apacible tangente hasta lo alto de una pequeña loma, bajaba pausadamente por entre márgenes de tréboles libados por numerosas abejas y cortaba luego a través de un prado. Aquí se difuminaban sus límites. Se ensanchaba y parecía interrumpirse, evocando tranquilos picnics bovinos: lento rumiar y meditabunda contemplación del infinito. Entonces reemprendía su curso hasta el bosque. Sin embargo, al llegar a la sombra de los primeros árboles, se desviaba abruptamente describiendo un ancho arco, como si, por primera vez, cayera en la cuenta del lugar al que se dirigía, y lo pasaba dando un rodeo.

Al otro lado del bosque, se disolvía esta sensación de suavidad. El camino ya no pertenecía a las vacas. De golpe y porrazo, el sol volvía a ser asfixiante y abrasador, el polvo, opresivo, y la escasa hierba que lo flanqueaba, raída y desolada. A la izquierda, se erguía la primera casa, una finca sólida y convencional, con aspecto de mírame y no me toques, rodeada por un césped cuidadosamente segado y encerrada dentro de una imponente cerca metálica de casi un metro de altura que parecía decir sin dar pie a equívocos: "Sigue caminando, no te queremos aquí". Así pues, el camino proseguía su trayecto con humildad, bordeando fincas cada vez más frecuentes, aunque menos inaccesibles, hasta el pueblo. Pero, salvo por la cárcel y la horca, el pueblo no tiene importancia. Sólo es importante la primera casa; la primera casa, el camino y el bosque.

El bosque tenía algo extraño. Si el aspecto de la primera casa sugería que era mejor pasar de largo, con el bosque ocurría lo mismo, aunque por una razón completamente distinta. La casa se veía tan satisfecha de sí misma que a uno le daban ganas de hacer mucho jaleo al pasar, incluso de tirarle un par de pedruscos. Pero el bosque tenía un aire soñoliento, sobrenatural, que inducía a cuchichear en vez de hablar. Eso, por lo menos, es lo que debieron pensar las vacas: "Dejémoslo en paz; no lo perturbemos".

Es difícil saber si la gente sentía lo mismo con respecto al bosque. Puede que algunos sí. Pero la mayoría rodeaba el bosque por la sencilla razón de que ése era el trazado del camino. No había senderos que atravesaran el bosque. Por otra parte, los viandantes tenían otra razón para no acercarse al bosque: pertenecía a los Foster, los que vivían en la finca "Mírame y no me toques", y, en consecuencia, era propiedad privada, pese a estar fuera de la cerca y ser perfectamente accesible.

Es curiosa la propiedad de la tierra, cuando nos paramos a pensarlo. ¿Hasta qué profundidad llega? Si una persona posee una parcela de tierra, ¿también la posee en sentido vertical, estrechándose gradualmente hasta confluir con todas las demás parcelas en el centro de la Tierra? ¿O la propiedad consiste en una capa delgada bajo la cual los amigos gusanos tienen prohibido el paso?

Sea como fuere, el bosque, al estar en la superficie —salvo, claro está, las raíces—, era propiedad de los habitantes de la finca "Mírame y no me toques", los Foster, y, si ellos nunca iban, si nunca paseaban por entre los árboles, era asunto suyo. Winnie, la única niña de la finca, nunca había ido al bosque, aunque, a veces, parada al otro lado de la cerca, golpeaba desmañadamente las rejas con un palo y lo miraba. Pero nunca le había picado excesivamente la curiosidad. Cuando una cosa es tuya parece perder su interés; sólo cuando no es tuya lo tiene.

En cualquier caso, ¿qué tienen de interesante unas

cuantas hectáreas de árboles? Con toda seguridad, será un lugar oscuro, sesgado por los rayos del sol, y tendrá un montón de ardillas y pájaros, un húmedo colchón de hojas y las demás cosas, igualmente familiares, aunque no tan agradables, como arañas, zarzas y gusanos.

Sin embargo, eran las vacas, a fin de cuentas, las responsables del aislamiento del bosque y las que, con una sabiduría que ignoraban poseer, demostraron ser muy listas. De haber pasado a través del bosque en lugar de rodearlo, la gente habría seguido su recorrido. La gente se habría fijado en el fresno gigante que había en el centro del bosque y, luego, en su momento, en el pequeño manantial que brotaba por entre las raíces, pese a las piedras que lo disimulaban. Y eso habría sido un desastre tan enorme que esta vieja y gastada Tierra, sea o no sea propiedad de alguien hasta su centro, habría temblado en su eje, como un escarabajo en una hoja.

2

Así, al amanecer de aquel día de la primera semana de agosto, Mae Tuck se despertó y permaneció un rato en la cama observando las telarañas del techo. Por fin dijo, alzando la voz:

—¡Mañana estarán los chicos en casa!

El esposo de Mae, tumbado boca arriba a su lado, ni se inmutó. Continuó durmiendo. Las arrugas de melancolía que le surcaban el rostro durante el día se habían suavizado y se veían relajadas. Emitió un suave ronquido y, por un momento, los sesgos de los labios se le curvaron en una sonrisa. Tuck no sonreía casi nunca, salvo durante el sueño.

Mae se incorporó en la cama y lo contempló con indulgencia:

—Mañana estarán los chicos en casa —repitió, un poquitín más fuerte.

Tuck se sacudió, desvaneciéndose la sonrisa. Abrió los ojos.

—¿Por qué has tenido que despertarme? —suspiró—. Tenía otra vez ese sueño, ése tan bonito en el que todos estamos en el cielo y nunca hemos oído hablar de Treegap.

Mae frunció el ceño. Era una mujer corpulenta, de cara redonda y sensible y tranquilos ojos castaños.

—No sirve de nada ese sueño —dijo—. Nada va a cambiar.

—Cada día me dices lo mismo —dijo Tuck, volviéndole la espalda—. Pero yo no puedo evitar soñar lo que sueño.

—Puede ser —dijo Mae—. Pero, así y todo, ya deberías haberte acostumbrado a las cosas a estas alturas.

Tuck masculló:

—Dormiré un poco más.

—Yo no —dijo Mae—. Voy a coger el caballo para ir al bosque a reunirme con ellos.

—¿A reunirte con quién?

—¡Con los chicos, Tuck! ¡Nuestros hijos! Cogeré el caballo para salirles al encuentro.

—Vale más que no lo hagas —dijo Tuck.

—Lo sé —dijo Mae—, pero estoy impaciente por verles. Además, hace diez años que no he ido a Treegap. Nadie me recordará. Llegaré al atardecer. Sólo iré hasta el bosque. No me acercaré al pueblo. Pero, con todo, si me viera alguien, no se acordaría de mí.

Nunca ha pasado, ¿verdad?

—Tú misma —dijo Tuck con la cabeza hundida en la almohada—. Yo seguiré durmiendo.

Mae Tuck saltó de la cama y empezó a vestirse: tres enaguas, una raída falda marrón, una vieja chaqueta de algodón y un chal de punto, que se sujetó al pecho con un broche de metal mate. Los ruidos que hacía al vestirse eran tan familiares que Tuck pudo decir sin abrir los ojos:

—No te hace falta ese chal en pleno verano.

Sin hacer caso del comentario, Mae dijo:

— ¿No necesitarás nada? No llegaremos hasta mañana al anochecer.

Tuck se dio la vuelta e hizo una mueca de tristeza.

— ¿Qué diablos me puede pasar?

—Es verdad —dijo Mae—. Siempre lo olvido.

—Pues yo no —dijo Tuck—. Que lo pases bien.

Y al instante volvía a estar durmiendo.

Mae se sentó en el borde de la cama y se puso unas botas de mediacaña de cuero, tan usadas y blandas por el uso que era un milagro que se conservaran enteras. Acto seguido, se levantó y cogió del lavamanos que había junto a la cama, un pequeño objeto de forma cuadrada, una caja de música decorada con rosas y lirios del valle pintados Era el único objeto bonito que tenía y jamás salía sin llevarlo encima. Sus dedos erraron hasta la llave que tenía en la base, pero, al observar al durmiente Tuck, meneó la cabeza, dio una palmadita a la caja y se la guardó en el bolsillo. Por último, se caló hasta las orejas un sombrero de paja azul y alas caídas y gastadas.

Sin embargo, antes de ponerse el sombrero, se cepilló el pelo canoso y se hizo un moño en la nuca. Lo hizo rápida y expertamente, sin mirarse ni una sola vez en el espejo. Aunque había puesto uno en el lavamanos no necesitaba espejos para nada. Sabía de sobra lo que iba a ver en él. Su imagen había dejado de interesarle mucho tiempo atrás, por la sencilla razón de que Mae Tuck y su marido, al igual que Miles y Jesse, llevaban ochenta y siete años teniendo el mismo aspecto.

3

A las doce del mismo día de la primera semana de agosto, Winnie Foster se encontraba sentada en la hierba, al pie de la reja, y le decía al enorme sapo que estaba arrebujado al otro lado del camino:

—Pues sí que lo haré. Ya lo verás. Puede que sea lo primero que haga mañana, mientras todos duerman aún.

Era difícil saber si el sapo la escuchaba o no. De hecho, Winnie le había dado buenas razones para no hacerle ni caso. La niña se había acercado a la reja, enfadadísima, muy cerca del punto de ebullición, en un día que también parecía a punto de hervir y al instante había reparado en el sapo. Era el único ser vivo a la vista, si no se contaba una nube de mosquitos histéricos suspendida encima del camino fustigado por el sol. Winnie había recogido unas cuantas piedras al pie de la reja y, a falta de otra manera para manifestar su estado de ánimo, había lanzado una contra el sapo. Falló el tiro, pese a afinar al máximo la puntería, pero, con todo, convirtió esta práctica en un juego y se dedicó a tirar piedras con un ángulo tal que atravesaran la nube de mosquitos antes de llegar al sapo. Los mosquitos estaban demasiado frenéticos para notar semejante intrusión; sin embargo, como ninguna piedra dio en el blanco, el sapo siguió arrebujado y haciendo muecas sin el menor sobresalto. Probablemente se sentía rencoroso. O a lo mejor sólo estaba durmiendo. En cualquier caso, ni siquiera le echó una mirada cuando, por fin, agotadas las piedras, la niña se sentó a contarle sus penas.

—Mira, sapo —dijo pasando los brazos por entre las rejas y arrancando los hierbajos del otro lado—. Creo que no podré resistirlo mucho tiempo.

En ese momento, una ventana de la casa se abrió de golpe y una voz débil —su abuela— chilló:

—¡Winifred! ¡No te sientes en esa hierba sucia! ¡Te vas a manchar las botas y los calcetines!

Y otra voz, más firme —su madre— añadió:

—¡Ven acá, Winnie! ¡Enseguida! ¡Cogerás una insolación con este día! ¡Y tu comida ya está lista!

—¿Ves? —dijo Winnie al sapo—. Eso es precisamente lo que quiero decir. Es así siempre. Si tuviera una hermana o un hermano, deberían vigilar a otro. Pero sólo me tienen a mí. Estoy harta de que me estén vigilando continuamente. Quiero estar sola para variar. —Apoyó la frente en las rejas y, tras una breve pausa, prosiguió en tono meditabundo—: No sé exactamente lo que haría, ¿sabes?, pero sería algo interesante, algo totalmente mío. Algo que lo cambiara todo. Para empezar, sería bonito tener un nombre nuevo, un nombre que no esté completamente gastado de tanto llamarme. Incluso podría pensar en tener una mascota que me hiciera compañía. Tal vez un sapo viejo y grandote como tú, al que pudiera guardar en una jaula acogedora, llena de hierba y . . .

En esto, el sapo se movió y parpadeó. Con una sacudida de los músculos, propulsó la masa fangosa de su cuerpo algo más lejos.

—Sí, supongo que tienes razón —dijo Winnie—. Entonces, serías como yo ahora. ¿Por qué ibas a estar tú también encerrado en una jaula? Sería mejor ser como tú, libre, tomando mis propias decisiones. ¿Sabes que casi no me dejan salir sola de este jardín? Nunca haré nada importante aquí dentro. Supongo que lo mejor sería escaparme . . .

Se detuvo y escudriñó al sapo para ver su reacción ante tan asombrosa idea, pero éste siguió sin reflejar el menor signo de interés.

—Crees que no me atrevería, ¿eh? —dijo en tono acusador—. Pues sí que lo haré. Ya lo verás. Puede que sea lo primero que haga mañana, mientras todos duerman aún.

—¡Winnie! —se oyó otra vez la voz firme desde la ventana.

—¡Vale! ¡Ya voy! —gritó exasperada. Y luego añadió rápidamente—: Quiero decir, enseguida voy, mamá.

Se levantó y se pasó las manos por las piernas para quitarse la hierba que se le había adherido a los calcetines.

El sapo, como percatándose de que la entrevista había terminado, se movió otra vez, se encogió sobre sí mismo y, de un bote desmañado, se perdió en dirección al bosque. Winnie le miró mientras se alejaba.

—¡Lárgate, sapo! —le gritó—. Pero ya lo verás. Espera sólo hasta mañana.

4

Al atardecer de ese largo día, un forastero llegó del pueblo por el camino y se detuvo ante la verja de los Foster. Winnie estaba otra vez en el jardín. Ahora intentaba cazar luciérnagas y al principio no se dio cuenta de su presencia. Pero, tras mirarla un rato, el hombre gritó:

—¡Buenas tardes!

El forastero era un hombre muy alto y delgado. Su largo mentón se disipaba en una barbita fina y discreta y llevaba un traje de un color amarillo chillón que parecía brillar un poco en la luz mortecina. Un sombrero negro le colgaba de la mano y, al acercarse Winnie, se pasó la otra por el cabello gris y seco para alisárselo.

—Vaya, vaya —dijo con voz suave—. Cazando luciérnagas, ¿eh?

—Sí —dijo Winnie.

—Una actividad maravillosa en una tarde de verano —dijo el hombre con acento distinguido—. Un entretenimiento precioso. Yo también lo hacía cuando tenía tu edad. Pero, desde luego, de eso hace mucho, mucho tiempo.

Se rió, haciendo un ademán humilde con sus dedos largos y finos. Su largo cuerpo no paraba de moverse: un pie tabaleaba contra el suelo, un hombro se estremecía. Se movía con gestos bruscos, como espasmódicos, pero a la vez tenía cierta gracia, como una marioneta manejada por un experto. De hecho, casi parecía estar suspendido a la luz del crepúsculo. Sin embargo, a Winnie, aunque un tanto fascinada, le evocó de repente las cintas tiesas que colgaron en la puerta de la casa con motivo del funeral de su abuelo. Frunció el ceño y observó al hombre más detenidamente. Su sonrisa parecía de fiar; era francamente agradable y cordial.

—¿Vives aquí? —preguntó el hombre, cruzando los brazos y apoyándose en la verja.

—Sí —dijo Winnie—. ¿Quiere ver a mi padre?

—A lo mejor. Dentro de un ratito —dijo el hombre—. Pero antes me gustaría charlar contigo. ¿Hace mucho que vivís aquí tú y tu familia?

—Oh, sí —dijo Winnie—. Hemos vivido siempre aquí.

—Siempre —repitió el hombre, pensativo.

No era una pregunta, pero Winnie creyó oportuno explicarse mejor:

—Bueno, siempre no, claro, pero desde que hay

gente por aquí. Mi abuela nació aquí. Dice que entonces todo eran árboles, sólo árboles por todas partes. Ahora los han cortado casi todos, menos los del bosque.

—Comprendo —dijo el hombre, acariciándose la barbita—. Así pues, ni que decir tiene que conocerás a todo el mundo y sabrás lo que pasa.

—Pues no especialmente —dijo Winnie—. Yo no, por lo menos. ¿Por qué?

El hombre arqueó las cejas.

—Oh —dijo—. Estoy buscando a alguien. Busco a una familia.

—Yo no conozco a mucha gente —dijo Winnie, encogiéndose de hombros—. Pero mi padre sí. Puede preguntarle a él.

—Creo que lo haré —dijo el hombre—. Sí, creo que lo haré.

En ese momento, la puerta de la casa se abrió y, rodeada por la luz de un quinqué que se desparramaba por la hierba, apareció la abuela de Winnie:

—¿Winifred? ¿Con quién hablas?

—Con un señor, abuela —respondió ella—. Dice que está buscando a alguien.

—¿Qué pasa? —dijo la anciana. Y, recogiéndose las faldas, bajó por el sendero hasta la verja—. ¿Qué dices que quiere?

El hombre del otro lado de la verja inclinó levemente la cabeza.

—Buenas noches, señora —dijo—. Es una delicia verla con tan buen aspecto.

—¿Y por qué no iba a tenerlo? —replicó la mujer, escudriñándole con ayuda del pobre resplandor. El traje amarillo pareció sorprenderla y entornó los ojos con suspicacia—. No nos conocemos, que recuerde. ¿Quién es usted? ¿A quién busca?

En lugar de responder el hombre dijo:

—Esta joven damisela me ha contado que usted vive aquí desde hace mucho tiempo y he pensado que probablemente conocerá a todos los que vienen y van.

La anciana meneó la cabeza.

—No conozco a nadie —dijo—, ni ganas. Y no me dedico a discutir de tales cosas con forasteros en plena noche. Y Winifred tampoco. De modo que. . .

Entonces dejó de hablar. Por encima del crepitar de los grillos y el suspiro de los árboles, una leve y asombrosa música llegó flotando hasta ellos, y los tres se volvieron hacia el bosque. Era una melodía suave y tintineante, que cesó al cabo de poco.

—¡Virgen santa! —dijo la abuela de Winnie con los ojos abiertos como platos—. ¡Han vuelto otra vez, después de tantos años!

Se estrujó sus arrugadas manos, olvidándose del hombre del traje amarillo.

—¿Has oído, Winifred? ¡Es la música! ¡La música de los duendes de la que te he hablado! ¡Dios mío, han pasado tantísimos años desde la última vez que la oí! Ahora es la primera vez que tú la oyes, ¿verdad? ¡Espera que se lo cuente a tu padre!

Y cogiendo a Winnie de la mano, echó a andar hacia la casa.

—¡Un momento! —dijo el hombre de la verja. Estaba tenso y su voz había adquirido una nota de vehemencia—: ¿Dice que ya había oído esa música?

Pero, antes de obtener una respuesta, la música volvió a sonar y todos se callaron para escucharla. Ahora repitió tres veces su tintineante melodía antes de desvanecerse.

—Parece una caja de música —dijo Winnie cuando terminó.

—¡Paparruchas! ¡Son los duendes! —masculló su abuela, excitada. Luego, dijo al hombre de la verja—: Deberá disculparnos.

Y tras comprobar a tientas que el pestillo de la verja estaba echado, volvió a coger de la mano a Winnie y subió por el sendero hasta la casa, cerrando a cal y canto la puerta tras ellas.

El hombre del traje amarillo se quedó un buen rato solo, tabaleando con el pie mientras miraba con fijeza hacia el bosque. Los últimos destellos de la puesta de sol se habían disipado y el crepúsculo también acabó muriendo, aunque sus vestigios se adherían con tesón a todo lo que era de un color pálido —las piedras, el camino polvoriento, la silueta del hombre—, tornándolo azulado y borroso.

Entonces salió la luna. El hombre volvió a la realidad, lanzando un suspiro. Su rostro reflejaba una intensa satisfacción. Se encasquetó el sombrero y, a la luz de la luna, sus dedos parecieron gráciles y muy blancos. A continuación, echó a andar por el camino oscuro. Mientras se alejaba, iba silbando, muy suavemente, la dulce y tintineante melodía del bosque.

5

A la mañana siguiente, Winnie se despertó temprano. El sol acababa de abrir su ojo en el horizonte y la finca estaba impregnada de silencio. Recordó que, en algún momento de la noche, había tomado una determinación: hoy no iba a escapar.

—Total, ¿dónde iba a ir? —se preguntó—. En el fondo, no deseo estar de veras en ningún otro lugar.

Pero, en otro rincón de su cerebro, ese rincón siniestro donde se alojaban sus miedos más ancestrales, algo le dijo que tenía otra razón para quedarse en casa: le asustaba la idea de irse sola.

Una cosa era hablar de ser libre y hacer cosas importantes, y otra cosa, absolutamente distinta, era cuando la oportunidad se presentaba. Los personajes de los cuentos que había leído parecían irse de casa sin pensarlo dos veces ni preocuparse, pero la vida real no era así. El mundo era un lugar peligroso. Siempre se lo estaban diciendo. Y no sería capaz de apañárselas sin nadie que la protegiera. Eso también se lo decían siempre. Nadie le había aclarado por qué no iba a ser capaz de apañárselas sola, pero no necesitaba respuestas. Su propia imaginación le proporcionaba un completo surtido de horrores.

No obstante, era irritante tener que admitir su miedo. Cuando se acordó del sapo, aún se sintió más desazonada. ¿Y si el sapo volvía a estar al otro lado de la verja? ¿Y si se reía de ella por lo bajo y la consideraba una cobarde?

Así que tomó la decisión de escabullirse e internarse en el bosque. Era lo menos que podía hacer. Intentar descubrir el origen de la musiquilla de anoche. Algo es algo, después de todo. No se permitió calibrar la idea de que para dejar huella en el mundo se requieren aventuras más temerarias. A modo de consuelo, se limitó a decir para sí misma:

—Por supuesto, si mientras estoy en el bosque decido no volver a casa nunca más, en fin, así será.

Y pudo creérselo porque lo necesitaba. Esa fe era una vez más su única amiga de confianza.

Era otra mañana opresiva, calurosa y asfixiante, pero en el bosque el aire era más fresco y tenía un olor agradable, húmedo. Winnie apenas llevaba dos minutos andando tímidamente por debajo de las ramas entrelazadas, cuando se preguntó por qué nunca había venido hasta ahora.

—¡Caray, qué bonito! —pensó con gran sorpresa.

El bosque rebosaba de luz, una luz completamente distinta de la que conocía. Era verde, ambarina, viva, y dibujaba manchas trémulas en el suelo blando, desplegándose en franjas firmes por entre los árboles. Vio florecillas blancas y azules que no conocía, enredaderas interminables, enmarañadas, y algún que otro árbol caído, en estado de putrefacción, pero de aspecto aterciopelado por el musgo verde que lo cubría.

Había seres vivos por todas partes. El aire estaba invadido por los murmullos del nuevo día: escarabajos, pájaros, ardillas y hormigas, y mil seres más que no podía ver, todos amables, enfrascados en sus cosas y en absoluto pavorosos. Incluso vio, satisfecha, al sapo. Estaba acurrucado sobre un tronco caído y casi pasó de largo sin notarlo, pues parecía más una seta que una criatura viva. Al llegar a su altura, sin embargo, el sapo parpadeó, delatándose.

—¿Ves? —exclamó Winnie—. Ya te dije que lo primero que haría hoy sería venir aquí.

El sapo volvió a parpadear y dio una cabezada de asentimiento. O quizá sólo se estaba zampando una mosca. De repente, saltó del tronco y desapareció en la espesura.

—Debía de estar esperándome —se dijo Winnie, muy contenta de estar allí.

Caminó sin rumbo durante un buen rato, observándolo todo, escuchándolo todo, orgullosa de poder olvidar el mundo estirado y pretencioso en el que vivía, canturreando por lo bajo, intentando recordar la musiquilla que había oído la noche anterior. Entonces, algo más allá, en un lugar donde la luz parecía más brillante y el terreno de alguna manera más abierto, algo se movió.

Winnie se paró en seco y se agazapó.

—Si son duendes de verdad —pensó—, podría ir a echarles una ojeada.

Y aunque el instinto le decía que diera media vuelta y echara a correr, comprobó complacida que su curiosidad era más fuerte. Empezó a reptar. Sólo se acercaría lo justo, se dijo. Lo justo para mirar. Luego, se iría corriendo. Pero, cuando estuvo más cerca, escondida detrás de un árbol, y atisbó al otro lado, se quedó boquiabierta y todas sus intenciones de escapar se desmoronaron.

Vio un claro en cuyo centro se erguía un árbol inmenso, de gruesas raíces que deformaban el suelo y se extendían en un radio de casi tres metros. Sentado tranquilamente, con la espalda apoyada en el tronco, había un muchacho, casi un hombre. Era tal su apostura que a Winnie le robó el corazón en el acto.

Se trataba de un muchacho delgado y moreno, con una espesa cabellera castaña y rizada. Vestía unos pantalones raídos y holgados y una camisa remendada; era tanta su desenvoltura que hubieran podido ser perfectamente de seda o satín. Unos tirantes verdes, más decorativos que útiles, constituían el último detalle, ya que iba descalzo, sujetando una ramilla entre los dedos de los pies. Movía la ramilla de manera indolente, con la cara alzada para observar las ramas. La dorada luz de la mañana parecía brillar a su alrededor y, según se movieran las hojas en lo alto, manchas más intensas le caían, bien en las manos bronceadas y huesudas, bien en el pelo y la cara.

Entonces, el chico se rascó la oreja con aire indolente y bostezó estirándose. Cambió de postura y observó un montoncillo de piedras que tenía al lado. Mientras Winnie le espiaba sin apenas respirar, iba haciendo a un lado las piedras una por una. Debajo, el terreno era húmedo y brillante. El chico quitó la última piedra y Winnie pudo ver un leve chorro de agua arqueándose en el aire y volviendo, como un surtidor, a la tierra. Agachándose, puso los labios en el chorro y bebió sin hacer ruido. Irguiéndose de nuevo, se secó los labios con el antebrazo y, mientras lo hacía, volvió el rostro hacia Winnie. Sus ojos se encontraron.

Estuvieron un largo rato mirándose en silencio, el muchacho aún con el brazo alzado junto a la boca. No hicieron ningún movimiento. Por fin, bajó el brazo y lo dejó caer a un lado.

—Puedes salir —dijo, arrugando el ceño.

Winnie se irguió, confusa y, por ello, resentida.

—No pretendía espiarte —protestó entrando en el claro—. No sabía que hubiera alguien.

El chico la observó mientras se acercaba.

—¿Qué estás haciendo por aquí? —le preguntó secamente.

—Este bosque es mío —dijo Winnie, sorprendida por la pregunta—. Puedo venir aquí siempre que me dé la gana. Nunca había venido, pero podía haberlo hecho si se me hubiera antojado.

—Oh —dijo el muchacho, un poco más tranquilo—. Eres una Foster, entonces.

—Soy Winnie —dijo—. Y tú, ¿quién eres?

—Jesse Tuck —contestó—. ¿Qué tal?

Y le tendió la mano.

Winnie se la estrechó mirándole con fijeza. Incluso era más guapo, visto a poca distancia.

—¿Vives por aquí cerca? —logró preguntar por fin, soltando la mano a regañadientes—. No te había visto nunca. ¿Sueles venir mucho? De hecho no debería venir nadie. Es nuestro bosque. —Y se apresuró a añadir—: Aunque no pasa nada si vienes. Es decir, a mí no me importa.

El chico sonrió.

—No, no vivo por aquí cerca y no, no suelo venir mucho. Sólo estoy de paso. Y gracias. Me alegro de que a ti no te importe.

—Qué bien —dijo Winnie sin venir a cuento. Retrocedió un poco y se sentó decorosamente a unos pasos de él—. ¿Cuantos años tienes? —preguntó, mirándole de soslayo.

Hubo una pausa.

—¿Por qué quieres saberlo? —dijo él por fin.

—Me lo preguntaba, nada más —dijo Winnie.

—Muy bien. Tengo ciento cuatro años —dijo en tono solemne.

—No. ¡Te lo pregunto en serio! —insistió la niña.

—Bien. Entonces —dijo—, si insistes en saberlo, tengo diecisiete.

—¿Diecisiete?

—¡Ajá!

—Oh —dijo Winnie, desesperanzada—. Diecisiete. Son muchos años.

—No lo sabes tú bien —dijo el joven asintiendo.

Winnie tenía la sensación de que se estaba burlando de ella, pero decidió que era una broma simpática.

—¿Estás casado? —preguntó a continuación.

El chico soltó una carcajada.

—No, no lo estoy. ¿Y tú?

Ahora le tocó reírse a Winnie.

—No, desde luego —dijo —. Sólo tengo diez años. Aunque pronto cumpliré once.

—Y entonces te casarás —sugirió el chico.

—Winnie se volvió a reír, ladeando la cabeza con admiración. Luego, hizo un gesto hacia el agua.

—¿Es buena para beber? —preguntó—. Tengo sed.

La cara de Jesse Tuck se puso seria al instante.

—Oh, eso. No no, no lo es —dijo rápidamente—. No debes beber de aquí. Sale de la tierra. Probablemente esté muy sucia. —Y empezó a amontonar las piedras.

—Pero tú sí has bebido —le recordó Winnie.

—Oh. ¿Me has visto? —La observó con ansiedad—. Verás, es que yo bebo cualquier cosa. Vaya, estoy acostumbrado. Pero a ti no te sentaría bien.

—¿Por qué? —dijo Winnie, levantándose—. En todo caso, es mía ya que está en el bosque. Quiero un poco. Tengo la garganta seca como un estropajo.

Y se dirigió hacia él, arrodillándose junto a las piedras.

—Hazme caso, Winnie Foster —dijo Jesse—. Sería una desgracia para ti si bebieras aunque sólo fuese una gota de esta agua. Una desgracia. No te lo permitiré.

—Bueno, sigo sin comprender la razón —dijo Winnie quejosa—. Tengo muchísima sed. Y si a ti no te hace daño, a mí tampoco me lo hará. Si mi papá estuviese aquí, me dejaría beber.

—No le vas a contar nada de esto, ¿verdad? —dijo Jesse. Una intensa palidez se destacó bajo el bronceado de su cara. Se incorporó y apoyó con firmeza el pie descalzo sobre las piedras—. Sabía que esto tenía que suceder tarde o temprano. ¿Qué hago ahora?

Dicho esto, se oyó un gran ruido por entre los árboles y una voz gritó:

—¿Jesse?

—¡Gracias a Dios! —dijo Jesse, resoplando con

alivio—. Aquí vienen mamá y Miles. Ellos sabrán qué hacer.

Entonces, apareció una mujer robusta y de aire apacible llevando un caballo gordo y viejo por las riendas. La acompañaba un joven casi tan guapo como Jesse. Eran Mae Tuck y su otro hijo, el hermano mayor de Jesse. En cuanto los vio a los dos, a Jesse con el pie encima de las piedras y a Winnie de rodillas al lado, la mujer pareció comprender. La mano le voló al pecho, agarrando el broche que cerraba el chal, y la desolación le inundó el rostro.

—Bueno, muchachos —dijo—, ya está. Por fin ha ocurrido lo peor que podía ocurrir.

6

Luego, al recrearlo, los pocos minutos siguientes se le aparecieron a Winnie sólo como una mancha borrosa. Primero estaba arrodillada en el suelo, insistiendo en querer beber del manantial, y luego sólo supo que la cogían, la balanceaban por el aire y, boquiabierta, se encontraba a horcajadas en la grupa del viejo penco, mientras Miles y Jesse daban largas zancadas, uno a cada lado, y Mae, tirando de las riendas, encabezaba la marcha resoplando.

Winnie había sido acosada con frecuencia por visiones de un secuestro; pero ninguna de sus visiones se correspondía con ésta, en la que los raptores estaban tan frenéticos como ella. Siempre se había imaginado a unos cuantos hombres forzudos y de largos mostachos negros que la envolvían en una manta y transportaban como un saco de patatas, mientras ella les suplicaba piedad. Pero al contrario, eran ellos, Mae, Miles y Jesse Tuck, quienes le suplicaban.

—Por favor, niña . . . Querida niña . . . No tengas miedo —decía Mae, intentando correr y hablar por encima del hombro a la vez—. No . . . seríamos capaces de hacerte ningún daño . . . por nada del mundo.

—Si . . . si gritaras o algo parecido —ahora era Jesse—, alguien podría oírte y . . . sería un riesgo.

Y Miles decía:

—Pronto . . . te lo explicaremos todo, en cuanto nos hayamos alejado bastante.

Winnie se había quedado muda. Se agarraba a la silla y se rendía ante la asombrosa evidencia de que, pese a tener el corazón desbocado y la columna vertebral como una tubería llena de agua helada, su cerebro estaba absolutamente tranquilo. Pensamientos desconectados afloraban a su mente, uno tras otro, como si estuvieran en fila esperando que les llegara el turno.

—De modo que montar a caballo es así. Hoy iba a escaparme, al fin y al cabo. ¿Qué dirán cuando no haya vuelto a casa a la hora de comer? Ojalá me estuviera viendo el sapo ahora. Esta mujer se preocupa por mí. Miles es más alto que Jesse. Más vale que me agache, si no quiero que esa rama me desmonte.

Habían llegado al lindero del bosque, pero no mostraron intenciones de aminorar su carrera. El camino, en el punto donde atravesaba el prado haciendo un ángulo, se desplegaba ante ellos, vertiginosamente blanco bajo los rayos del sol. Y más allá, a un lado, estaba el hombre de la noche anterior, el hombre del traje amarillo, con el sombrero negro bien calado.

Al descubrirle, notando su sorpresa y viéndose de pronto obligada a elegir, el cerebro de Winnie se quedó perversamente en blanco. En vez de gritar pidiendo socorro, se limitó a mirarle con ojos desorbitados cuando pasaba a toda velocidad por su lado. Mae Tuck fue la única que habló, y todo lo que pudo explicar fue:

—Nuestra pequeña está aprendiendo . . . a montar a caballo.

Sólo entonces Winnie cayó en la cuenta de que debería gritar, agitar las manos, hacer algo. Pero el hombre ya se había perdido a lo lejos, y ella tenía miedo de soltar la silla, miedo de volverse y caer del caballo. Y al poco rato, ya era demasiado tarde. Habían subido la loma sin parar de correr y bajaban por la otra ladera, esfumándose cualquier oportunidad.

Poco después, el camino les llevó a un lugar donde, a la izquierda, serpenteaba un arroyo poco profundo, con sauces y matorrales protectores.

—¡Alto! —gritó Mae—. ¡Paremos aquí!

Miles y Jesse tiraron de los arneses del caballo, y éste frenó en seco, casi arrojando a Winnie por encima de la testuz.

—¡Bajad a la niña! —resopló Mae, hinchando el

pecho—. Descansaremos un rato junto al arroyo, mientras intentamos aclarar las cosas antes de reemprender el camino.

Pero, una vez en la orilla, la explicación tardaba en llegar. Mae parecía embarazada, y Miles y Jesse, inquietos, observaban a su madre con ojos desconcertados. Nadie sabía por dónde empezar. Por su parte, Winnie, ahora que la carrera había terminado, empezó a comprender lo que sucedía, y esa comprensión le hizo un nudo en la garganta y la boca se le secó como papel de lija. Aquello no era una visión. Era real. Unos desconocidos la habían raptado y podían hacerle cualquier cosa; tal vez no volviera a ver nunca más a su madre. Y entonces, al pensar en su madre, se vio a sí misma pequeña, débil y desvalida, y rompió a llorar, tanto por la afrenta como por la conmoción.

La cara redonda de Mae Tuck se llenó de arrugas en una expresión de desconsuelo.

—¡Por el amor de Dios, no llores! Por favor, niña, no llores —le suplicó—. No somos malos, de verdad. Teníamos que llevarte con nosotros. Pronto comprenderás la razón. Te devolveremos a tu casa en cuanto sea posible. Mañana. Te lo prometo.

Cuando Mae dijo "mañana", los sollozos de Winnie se convirtieron en aullidos. ¡Mañana! Era como si le hubieran dicho que estaría prisionera toda la vida. Quería volver a su casa inmediatamente, volver a la seguridad de las rejas y la voz de su madre desde la ventana. Mae extendió la mano, pero ella la rechazó, tapándose la cara con las suyas, y se entregó por entero al llanto.

—¡Es terrible! —dijo Jesse—. ¿No puedes hacer nada, mamá? ¡Pobrecilla!

—Debería ocurrírsenos algo mejor que esto —dijo Miles.

—Es verdad —dijo Mae con voz impotente—. Dios sabe que hemos tenido bastante tiempo para pensar en algo y que esto tenía que ocurrir tarde o temprano. Ha sido una gran suerte que no fuera antes. Pero nunca supuse que iba a ser una niña.

Abstraída, se llevó la mano al bolsillo de la falda y extrajo la caja de música. Sin darse cuenta, hizo girar la llave con dedos temblorosos.

Cuando empezó a sonar la tintineante melodía, los sollozos de Winnie se suavizaron. Estaba de pie a orillas del arroyo, aún con la cara entre las manos, y se quedó escuchando. Sí, era la misma musiquilla que había oído la noche anterior. De alguna manera, le tranquilizaba. Era como un hilo que la unía a las cosas familiares.

—Cuando vuelva a casa, le diré a la abuela que no era música de duendes —pensó.

Se enjugó el rostro lo mejor que pudo con las manos mojadas y se dirigió a Mae:

—Es la música que oí anoche —logró articular entre hipos—, cuando estaba en el jardín. Mi abuela dijo que eran duendes.

—Cielos, no —dijo Mae, mirándola esperanzada—. Sólo es mi caja de música. No suponía que alguien pudiera oírla. —Se la tendió a Winnie—. ¿Quieres mirarla un poquito?

—Qué bonita —dijo Winnie, cogiendo la cajita y dándole vueltas en las manos. La cuerda seguía girando, pero cada vez más lentamente. La melodía se atascó. Aún sonaron algunas notas espaciadas antes de parar.

—Dale cuerda si quieres —dijo Mae—. Es como un reloj.

Winnie hizo girar la llave. Chasqueaba ligeramente. Luego, tras darle una vuelta más, la música volvió a sonar, fresca y alegre. Nadie que tuviera un objeto como aquél podía ser muy malo. Winnie examinó las rosas y lirios pintados y sonrió a pesar suyo.

—Es bonita —repitió, devolviéndosela a Mae.

La caja de música los había tranquilizado a todos. Miles sacó un pañuelo del bolsillo trasero del pantalón y se secó la cara, y Mae dejó caer todo su peso sobre una roca, quitándose el sombrero de paja azul para abanicarse.

—Escucha, Winnie Foster —dijo Jesse—. Somos amigos, de verdad. Pero tú debes ayudarnos. Ven a sentarte; intentaremos explicarte el porqué.

Era la historia más extraña que Winnie había oído jamás. Al instante, se dio cuenta de que nunca la habían contado a nadie, salvo entre ellos mismos, y que ella era el primer público de verdad que tenían, pues se distribuyeron a su alrededor como niños en las rodillas de su madre, cada cual intentando captar su atención, a veces hablando todos a la vez e interrumpiéndose entre sí; tanto era su apasionamiento.

Ochenta y siete años atrás, los Tuck habían venido del este en busca de un lugar donde establecerse. Entonces, el bosque no era un bosquecillo, sino una especie de selva, tal como solía contar la abuela de Winnie: una selva que no terminaba nunca. Los Tuck se proponían fundar una granja en cuanto llegaran al fin de los árboles. Pero los árboles parecían no terminar nunca. Al llegar a la zona que ahora era el bosque, se desviaron del camino buscando un sitio donde acampar y se toparon con el manantial.

—Era muy bonito —dijo Jesse suspirando—. Tenía el mismo aspecto que ahora. Un claro, mucho sol, ese árbol enorme con sus raíces nudosas . . . Nos detuvimos allí y todos bebimos un poco, incluso el caballo.

—No —dijo Mae—, el gato no bebió. Es un detalle importante.

—Sí —dijo Miles—, no te lo olvides. Bebimos todos menos el gato.

—Bien, en cualquier caso —prosiguió Jesse—, el agua tenía un sabor, digamos, raro. Pero acampamos allí a pasar la noche. Papá grabó una T en el tronco del árbol para señalar donde habíamos estado. Luego, reemprendimos la marcha.

Por fin, tras recorrer muchas millas en dirección oeste, salieron del bosque y encontraron un valle poco poblado, donde montaron la granja.

—Construimos una casa para mamá y papá —dijo Miles—, y una pequeña choza para Jesse y otra para mí. Calculábamos que pronto fundaríamos sendas familias y queríamos tener casa propia.

—Fue la primera vez que notamos algo peculiar —dijo Mae—. Jesse se cayó de un árbol . . .

—Había subido hasta la mitad —metió baza Jesse—. Quería aserrar parte de sus ramas antes de talarlo. Entonces, perdí el equilibrio y me caí . . .

—Aterrizó de cabeza —dijo Mae estremeciéndose—.

Creíamos que se habría partido el cuello, pero, mira por dónde, no se había hecho ni un rasguño.

—Algún tiempo más tarde —continuó Miles—, se acercaron unos cazadores al atardecer. El caballo estaba pastando detrás de unos árboles y le dispararon. Según dijeron, lo confundieron con un ciervo. ¿Te lo imaginas? Pero el caso es que no lo mataron. La bala lo atravesó de parte a parte y ni siquiera le dejó cicatriz.

—Después, una serpiente picó a papá . . .

—Y Jesse comió unas setas venenosas . . .

—Y yo me corté —dijo Mae—. ¿Lo recordáis? Cuando estaba cortando pan.

Pero lo que más les intrigaba era el paso del tiempo. Habían trabajado la granja, se habían establecido, habían hecho amistades, y, sin embargo, diez años después, y luego veinte, no tuvieron más remedio que enfrentarse a una realidad espantosa: ninguno de ellos había envejecido en absoluto.

—Para entonces, yo tenía más de cuarenta años —dijo Miles, compungido—. Estaba casado y tenía dos hijos. Pero mi aspecto era de veintidós años. Mi mujer acabó llegando a la conclusión de que me había vendido el alma al diablo. Me abandonó. Se fue llevándose a los niños.

—Me alegro de no haberme casado —intervino Jesse.

—Y con los amigos pasaba lo mismo —dijo Mae—. Nos dejaron de lado. Circularon rumores de hechizos.

Magia negra. En fin, tampoco se les puede reprochar, pero al final tuvimos que dejar la granja. No sabíamos adónde ir. Volvimos por el camino que habíamos seguido al llegar, errabundos. Eramos como gitanos. Al llegar aquí, lo encontramos todo muy cambiado, desde luego. Habían desaparecido muchísimos árboles. Había gente. Treegap era un pueblo nuevo. El camino ya estaba, pero no era más que una ruta de ganado. Nos internamos en lo que quedaba de bosque para acampar y, cuando llegamos al claro, el árbol y el manantial, lo recordamos de antes.

—Al igual que nosotros, no había cambiado ni pizca —dijo Miles.

—Por eso lo descubrimos. Veinte años atrás, papá grabó una T en el árbol, acuérdate, y la T estaba en el mismo sitio donde la hizo. El árbol no había crecido nada en todo ese tiempo. Era exactamente igual. Y la T parecía recién inscrita en el tronco.

Entonces recordaron haber bebido agua. Ellos y el caballo. Aunque no el gato. El gato había tenido una vida larga y feliz en la granja, pero había muerto hacía unos diez años. Así pues, por fin resolvieron que el origen de su inmutabilidad era el manantial.

—Llegados a esta conclusión —siguió Mae—, Tuck dijo (me refiero a mi marido, Angus Tuck) que quería salir de dudas de una vez por todas. Tomando la escopeta, se la apuntó hacia sí mismo y, antes de poder impedírselo, apretó el gatillo.

Hubo una larga pausa. Los dedos de Mae se retorcieron en su regazo, crispados por la tensión del recuerdo. Al fin dijo:

—El disparo le derribó. Le atravesó el corazón. No había otra posibilidad, tal como había apuntado. Lo traspasó saliendo por el otro lado. Sólo dejó una pequeña señal. Como . . ., no sé, como un disparo en el agua. Y él estaba exactamente igual que antes, como si no le hubiese pasado nada.

—Entonces nos volvimos un poco locos —dijo Jesse, sonriendo por el recuerdo—. Caray, íbamos a vivir para siempre. ¿Te imaginas lo que se siente al descubrirlo?

—Pero luego nos paramos a hablarlo . . . —dijo Miles.

—Aún lo estamos hablando —añadió Jesse.

—Nos figuramos que sería muy malo que la gente descubriera la existencia del manantial —dijo Mae—. Empezábamos a comprender lo que podía significar. —Miró a Winnie—. ¿Lo entiendes, pequeña? Esa agua te fija en el nivel de desarrollo en el que estás. Si bebieras de ella, serías una niña para siempre. Nunca crecerías, nunca.

—No sabemos cómo funciona, ni por qué —dijo Miles.

—Papá cree que es parte de, bueno, de otro plan para el mundo, que de haber resultado lo habría hecho distinto —dijo Jesse—. Un plan que no tuvo éxito. Por eso todo fue de otra manera y cambió; menos lo que entraba en contacto con el manantial por cualquier circunstancia. Quizá tiene razón. No lo sé. Pero mira, Winnie Foster, cuando te dije que tenía ciento cuatro años, estaba diciendo la verdad. En realidad, sólo tengo diecisiete, sin embargo. Y me temo que seguiré teniendo diecisiete hasta el fin del mundo.

8

Winnie no creía en cuentos de hadas. Nunca había deseado tener una varita mágica ni casarse con un príncipe azul, y se burlaba —casi siempre— de los duendes de su abuela. Y ahora estaba con la boca abierta y los ojos como platos, sin saber cómo digerir esa extraordinaria historia. No podía haber ni una gota de verdad en ella. Sin embargo . . .

—¡Sienta de maravilla contarlo a alguien! —explotó Jesse—. Figúrate, Winnie Foster, ¡eres la única persona del mundo, además de nosotros, que la conoce!

—Alto ahí —dijo Miles con cautela—. Tal vez no. Por lo que sabemos, podría haber muchas más personas errando sin rumbo como nosotros.

—Puede. Pero no las conocemos —señaló Jesse—. Nunca hemos conocido a nadie con quien hablar de ello, aparte de nosotros mismos. Winnie . . ., ¿no es extraño y maravilloso? ¡Piensa en todo lo que hemos visto! ¡En todo lo que veremos!

—¡Estas palabras la impulsarán a volver corriendo al manantial para beber diez litros de agua! —advirtió Miles—. Hay muchas más cosas que los ratos buenos de Jesse Tuck, ¿sabes?

—Oh, cuentos —dijo Jesse encogiéndose de hombros—. Ya que no podemos hacer nada para cambiar las cosas, al menos podríamos procurar divertirnos. Procura no estar siempre echando sermones.

—No echo sermones —dijo Miles—. Sólo creo que deberías tomártelo más en serio.

—Venga, chicos —dijo Mae. Estaba arrodillada junto al arroyo, salpicándose la cara y las manos con agua fresca—. ¡Uf! ¡Qué calor! —exclamó, sentándose sobre los talones. Se soltó el broche para quitarse el chal y se secó la cara chorreante—. Bien, pequeña —dijo a Winnie levantándose—, ahora compartes nuestro secreto. Es un secreto importante y peligroso. Necesitamos tu ayuda para no divulgarlo. Supongo que te gustaría hacer muchas preguntas, pero no podemos quedarnos más tiempo aquí. —Se ató el chal a la cintura y suspiró—. Me da pena pensar en lo preocupados que estarán tus padres, pero no queda otro remedio. Tienes que venir a casa con nosotros. Ese es el plan. Tuck querrá hablar contigo, cerciorarse de que comprendes por qué no puedes decírselo a nadie. Pero mañana te devolveremos con los tuyos. ¿De acuerdo?

Los tres la miraron con expresión esperanzada.

—De acuerdo —dijo Winnie, que decidió que no había otra solución. Tenía que ir. Probablemente la harían ir igual, de todas maneras, fuera cual fuese su opinión. Pero presentía que no había nada que temer realmente. Parecían gente simpática. Simpática y, de una manera extraña, infantil. La hacían sentir vieja. Y la manera de hablarle, la manera de mirarle, la hacían sentir especial, importante. Era una sensación agradable, completamente nueva, que la llenaba por completo. Le gustaba y, pese a su historia, ellos también le gustaban. Sobre todo Jesse.

Sin embargo, fue Miles quien le cogió de la mano y dijo:

—Será fantástico disfrutar de tu compañía aunque sólo sea un día o dos.

Entonces, Jesse emitió un fuerte grito de alegría y se lanzó al arroyo, levantando gran cantidad de agua.

—¿Qué has traído para comer, mamá? —gritó—. Podríamos comer por el camino, ¿no? ¡Estoy muerto de hambre!

Y de esta manera, con el sol en lo alto del cielo, se pusieron otra vez en marcha, rompiendo el silencio de agosto y comiendo pan con queso. Jesse cantaba antiguas canciones picarescas a pleno pulmón y se columpiaba como un mono de árbol en árbol, alardeando sin ninguna vergüenza ante Winnie y diciéndole:

—¡Eh, Winnie Foster! ¡Mírame! ¡Mira lo que hago!

Las pocas inquietudes que le quedaban a Winnie se esfumaron entre risotadas. Eran amigos, sus amigos. Al final se había fugado, pero no sola. Cerrando la puerta a sus miedos más antiguos, tal como había cerrado la verja del jardín, se descubrió las alas que siempre había deseado poseer. De golpe y porrazo sentía una alegría sin límites. ¿Dónde estaban los terrores que le decían que iba a encontrar? No los veía por ninguna parte. La tierra amable se abría ante ella de par en par, como los pétalos de una flor en sazón, rebosante de luz y posibilidades hasta el punto de marearla. La voz de su madre, la añoranza del hogar, se diluyeron en el instante, y sus pensamientos revolotearon hacia el futuro. Porque, pensó, ella también podía vivir en ese mundo fantástico que apenas acababa de descubrir. ¡Tal vez la historia del manantial era verdad! Así, cuando no iba en la grupa del viejo penco —ahora por propia decisión—, corría chillando por el camino, con los brazos abiertos, más alborotadora que nadie.

Era fabuloso. Tan fabuloso que, en ningún momento, nadie se percató del hombre con quien se habían topado en el camino, el hombre del traje amarillo, que había reptado hasta los matorrales que bordeaban el arroyo y había escuchado aquella historia fantástica de cabo a rabo. Y tampoco se percataron de que les iba siguiendo desde lejos, escondido a un lado del camino, esbozando una leve sonrisa por encima de la barbita gris.

9

El sol siguió ascendiendo, permaneció durante una hora deslumbrante en mitad del cielo y por fin rodó hacia el oeste, antes de que el viaje terminara. Pero Winnie estaba agotada mucho antes. Miles la llevó en brazos parte del camino. Tenía las mejillas coloradas por el sol y la nariz de un rojo intenso y gracioso. Mae le había evitado quemaduras más serias, haciéndole poner el sombrero de paja azul. Lo llevaba calado hasta debajo de las orejas, dándole un aspecto de payaso, pero la sombra del ala era tan agradable que Winnie dejó a un lado la vanidad y se quedó adormilada en los fuertes brazos de Miles, rodeándole el cuello con los suyos.

Los prados, campos y arboledas que cruzaban estaban repletos de abejas, y los grillos saltaban ante ellos, como si cada paso soltara un muelle que los lanzara volando como guijarros. Todo lo demás permanecía inmóvil, seco como una tostada, al borde de la ebullición, atesorando las últimas reservas de savia e intentando conservarlas hasta que volvieran las lluvias. Las zanahorias silvestres, recubiertas de polvo, se extendían por el campo como la espuma de un mar pintado.

Entonces, fue toda una sorpresa subir a una alta colina, ver más allá otra colina y, más lejos aún, el verdor intenso de un extenso bosque de pinos y, al avanzar, notar un aire más suave y fresco. Winnie se reanimó al olerlo y de nuevo se sintió en condiciones de montar a caballo detrás de Mae. Y su pregunta varias veces repetida:

—¿Falta mucho?

Obtuvo por fin la agradable respuesta:

—Unos minutos más y habremos llegado.

Una amplia superficie de pinos se erguía a poca distancia. Jesse se echó a gritar de pronto:

—¡Ya estamos en casa! ¡Es aquí, Winnie Foster!

Miles y él se lanzaron a la carrera, desapareciendo entre los árboles. El caballo siguió adelante, tomando un sendero trillado y abollado por las raíces. Era como si se hubiesen metido debajo de un escurridor gigantesco. El sol de la tarde sólo podía internarse en motas rielantes y diseminadas, y todo estaba silencioso e intacto, la tierra acolchada de musgo y agujas de pino resbaladizas, los gráciles brazos de los pinos desplegándose protectores en todas direcciones. Y era fresco, fresco y verde, una auténtica bendición. El caballo avanzó con precaución y descendió por un terraplén empinado. Al fondo, Winnie, atisbando por un flanco de la voluminosa Mae, observó un destello de color y un deslumbrante centelleo. Torcieron al pie del terraplén, y allí descubrió una casita acogedora y sencilla de color rojo y, al fondo, los últimos rayos del sol refulgiendo en la ondulada superficie de un diminuto lago.

—¡Oh, caray! —exclamó Winnie—. ¡Agua!

En ese mismo momento, se oyeron dos grandes chapoteos y dos voces rugiendo de placer.

—Se lanzan al lago en menos que canta un gallo —dijo Mae radiante—. En fin, no se les puede recriminar con el calor que hace. Puedes ir tú también si quieres.

Cuando llegaron, Tuck estaba en la puerta de la casita.

—¿Dónde está la niña? —preguntó, ya que Winnie se hallaba oculta detrás de su esposa—. Los chicos dicen que habéis traído a una niña completamente normal.

—Así es —dijo Mae, desmontando—. Aquí la tienes.

A Winnie le volvió toda la timidez de sopetón al ver a un hombre corpulento de cara triste y pantalones holgados, pero, cuando éste la miró, la sensación cálida y agradable volvió a embargarla. Tuck tenía la cabeza ladeada y un brillo de dulzura en los ojos, y la sonrisa más afable del mundo desplazó las grietas melancólicas de sus mejillas. Tendió las manos para bajarla del caballo y dijo:

—No tengo palabras para decirte lo feliz que soy de verte. Es lo más agradable que ha ocurrido en. . . —se interrumpió, dejando a Winnie en el suelo, y se volvió hacia Mae—. ¿Lo sabe?

—Desde luego —dijo Mae—. Por eso la hemos traído. Winnie, éste es mi marido, Angus Tuck. Tuck, te presento a Winnie Foster.

— ¿Cómo estás, Winnie Foster? —dijo Tuck, mientras le estrechaba la mano de manera más bien solemne—. ¡Vaya, vaya!

Se irguió y la observó con fijeza, y Winnie, correspondiendo a su mirada, notó una expresión que la hizo sentir como un regalo inesperado, envuelto en papel de colorines y atado con hilo de bramante, pese al sombrero azul de Mae que seguía llevando en la cabeza.

—Vaya, vaya —repitió Tuck—. Entonces, como ya lo sabes, continuaré y diré que es lo más agradable que ha ocurrido en . . . oh . . . por lo menos ochenta años.

10

Winnie había crecido con orden. Estaba acostumbrada. Sometida a los despiadados ataques de su madre
y de su abuela, la casa donde vivían estaba siempre
reluciente como los chorros del oro, fregada, barrida y
restregada hasta la completa rendición. Allí no había
lugar para el desaliño ni se dejaban las cosas para
mañana. Las mujeres Foster la habían convertido en
una fortaleza de labor. En ella eran invencibles.
Winnie estaba en fase de entrenamiento.

De manera que no estaba preparada para la casita
acogedora del lago, para los amables remolinos de
polvo, las telarañas plateadas, el ratón que vivía —¡y
bienvenido!— en un cajón de la mesa. Sólo había tres
habitaciones. Primero, la cocina, con un armario sin
puertas donde los platos estaban amontonados en un
precario y peligroso equilibrio, sin la menor contem-

plación por sus variadas dimensiones, además de una enorme cocina negra y una pila metálica; cada superficie, cada pared, estaba cubierta hasta los topes de todos los objetos imaginables, desde cebollas y quinqués hasta cucharones de madera y barreños. Y en un rincón, apoyada en la pared, la olvidada escopeta de Tuck.

Luego, estaba el salón, cuyos muebles, carcomidos y desvencijados por los años, estaban dispuestos sin orden ni concierto. Un viejo sofá de felpa verde se hallaba solo en el centro, como un árbol caído cubierto de musgo, encarado a una chimenea tiznada de hollín, llena aún de las cenizas del invierno. La mesa que daba cobijo al ratón estaba apartada y aislada en un rincón lejano, y tres sillones y una vetusta mecedora, sin ninguna función concreta, como desconocidos en una fiesta, se ignoraban entre sí.

Al fondo estaba el dormitorio, con una inmensa cama de bronce destartalada que ocupaba casi todo el espacio, aunque aún quedaba bastante sitio para el lavamanos con el espejo y, al pie, un ropero de roble cavernoso que desprendía un ligero olor a alcanfor.

Subiendo un empinado y angosto tramo de escaleras, había una polvorienta buhardilla.

—Aquí dormían los chicos cuando vivían en casa —explicó Mae.

Y se acabó. Sin embargo, eso no era todo ni mucho menos. Ya que por doquier se encontraban huellas de las actividades del matrimonio. Las costuras de Mae: trapos y retales brillantes, colchas a medio hacer y alfombras trenzadas; una bolsa llena de guata que volaba en jirones, como copos de nieve, metiéndose en grietas y rincones; los brazos del sofá cosidos con hilo y peligrosos por la multitud de agujas clavadas en ellos.

Las tareas de carpintería de Tuck: virutas retorcidas llenando el suelo y montoncitos de astillas; todas las superficies con una fina capa de serrín de innumerables lijaduras; miembros de muñecos y soldados de madera desmontados; un barco en miniatura apuntalado sobre la mesa del ratón, esperando que se secara la cola; y una columna de tazones de madera, con sus bordes gastados por el uso y el tazón superior repleto de un amasijo de cucharones y tenedores de madera, como huesos secos y blanquecinos.

—Hacemos cosas para vender —dijo Mae, observando el batiburrillo con aire de aprobación.

Y eso no era todo. Ya que, en el viejo techo de vigas del salón, los rayos de luz rielaban y danzaban como un espejismo brillante, originados por los reflejos del sol en la superficie del lago. Había jarrones con margaritas en todas partes, de un alegre blanco y amarillo. Y dominándolo todo, el limpio y dulce aroma del agua y de las algas, el murmullo de un martín pescador en pleno vuelo, los trinos de una docena de especies de aves y, de vez en cuando, la nota grave y emocionante de una rana toro imperturbable, completamente a sus anchas en el fango de la orilla.

En este mundo penetró Winnie con los ojos desorbitados, perpleja. Para ella era una completa novedad que alguien pudiera vivir en semejante caos, pero a la vez estaba fascinada. Era . . . era reconfortante. Mientras subía la escalera detrás de Mae para ver la buhardilla, pensó para sus adentros:

—Quizás es porque creen disponer de todo el tiempo del mundo para hacer la limpieza. —A lo cual siguió otro pensamiento, mucho más revolucionario—: ¡Quizás es que les importa un pito!

—Los muchachos no están mucho en casa —dijo Mae cuando entraban en la buhardilla en penumbras—. Pero, cuando vienen, duermen aquí. Hay mucho sitio.

La buhardilla también estaba abarrotada de toda clase de objetos, pero había dos colchones desplegados en el suelo, encima de los cuales sábanas limpias y mantas esperaban que alguien las desdoblara.

—¿Dónde van cuando no están aquí? —preguntó Winnie—. ¿Qué hacen?

—Oh —dijo Mae—, van a lugares diferentes y hacen cosas diferentes. Se dedican a los trabajos que les dan; procuran traer algo de dinero a casa. Miles entiende de carpintería y se defiende como herrero. Jesse, por su parte, no parece querer sentar cabeza en nada. Es joven, claro. —Se detuvo y sonrió—. Suena curioso,

¿eh? Pero es verdad, después de todo. Decía que Jesse hace lo que le sale en cada momento: trabaja en el campo o en bares, cosas por el estilo, lo que encuentra. Pero no pueden quedarse mucho tiempo en un mismo sitio, ¿sabes? Ninguno de nosotros puede. La gente empieza a hacer preguntas —suspiró—. Llevamos viviendo en esta misma casa desde que nos atrevimos a instalarnos, hará unos veinte años. Es un lugar agradable. Tuck le ha tomado apego. Además, tiene su vida propia, el lago tiene muchos peces y no está demasiado lejos de los pueblos de los contornos. Cuando necesitamos algo, vamos una vez a uno y otra vez a otro; así la gente no repara mucho en nosotros. Y vendemos lo que podemos. Supongo, sin embargo, que un día de éstos tendremos que mudarnos. Ya va siendo hora.

A Winnie le pareció bastante triste no poder ser de ninguna parte.

—Es una lástima —dijo lanzando una tímida mirada a Mae—. Siempre yendo de un lado a otro, sin amigos ni nada.

Pero Mae se encogió de hombros ante tal observación.

Tuck y yo nos tenemos el uno al otro —dijo—, y eso ya es mucho. Los muchachos, en cambio, siguen caminos separados. Son un poco diferentes; no se llevan del todo bien. Pero vienen a casa siempre que les apetece y, cada diez años, en la primera semana de agosto, se reúnen en el manantial y vienen juntos a casa. Gracias a eso, podemos volver a ser una familia normal, aunque sea por poco tiempo. Por eso estábamos allí esta mañana. En fin, sea como sea, las cosas han salido bien. —Cruzó los brazos y dio una cabezada de asentimiento, más para sí misma que para Winnie—. La vida es para vivirla, da lo mismo que sea larga o corta —dijo pausadamente—. Hay que tomarla como viene. Nos reunimos una vez cada cierto tiempo, como hace todo el mundo. Es curioso, no nos sentimos diferentes. Yo no, por lo menos. A veces me olvido de lo que pasó, lo olvido por completo. Aunque, en ocasiones abruma el recuerdo y me pregunto por qué nos pasó a nosotros. Los Tuck somos personas normales y corrientes como el que más. No merecemos ninguna bendición, si es que se trata de una bendición. Ni tampoco merecemos ninguna maldición, si es que se tratara de eso. Pero no vale la pena devanarse los sesos para averiguar por qué las cosas son como son. Las cosas son y se acabó, y por mucho que te irrites no lograrás cambiarlas. Tuck, sin embargo, tiene otras ideas, pero supongo que ya te las dirá él. ¡Eh, los chicos han vuelto del lago!

Winnie oyó un estallido de voces en el piso de abajo y, al cabo de un momento, Miles y Jesse estaban subiendo a la buhardilla.

—Eh, pequeña —dijo Mae con presteza—. Cierra los ojos. ¿Chicos? ¿Estáis presentables? ¿Qué os habéis puesto para bañaros? Winnie está aquí. ¿Me oís?

—Por el amor de Dios, mamá —dijo Jesse, apareciendo por el hueco de la escalera—. ¿Crees que vamos a ir desnudos por ahí estando Winnie en casa?

Y detrás de él, sonó la voz de Miles:

—Nos hemos bañado con la ropa puesta. Estábamos demasiado sudados y cansados para cambiarnos.

Así era, en efecto. Se quedaron en el umbral, el uno junto al otro, con la ropa mojada aplastada contra el cuerpo, el agua formando charquitos a sus pies.

—¡Bien! —dijo Mae con alivio—. De acuerdo. Poneos ropa seca. Papá tiene la cena casi lista.

Y se llevó a Winnie por la angosta escalera.

Fue una cena estupenda, con tortas de maíz, lonchas de tocino, pan y compota de manzana, pero comieron sentados en la sala en vez de hacerlo a la mesa. Winnie no había comido nunca de esa manera, y al principio los observaba atentamente para captar las reglas que pudiere haber y que ignoraba. Pero al parecer no había reglas. Jesse estaba sentado en el suelo y se servía de una silla como mesa; los demás se ponían los platos en el regazo. Tampoco había servilletas y estaba permitido lamerse la miel de entre los dedos. A Winnie nunca le habían dejado hacer tal cosa, aunque ella siempre había pensado que era el sistema más fácil. De pronto le vino la sensación de estar en un banquete de lo más opíparo.

Poco después, sin embargo, Winnie descubrió que como mínimo existía una regla: no se hablaba mientras hubiera comida. Los cuatro Tuck tenían concentrados los ojos y la atención en lo que se llevaban entre manos. Y en el silencio, que le daba tiempo para pensar, Winnie notó que su fascinación, su alborozo irreflexivo, temblaba y se venía abajo.

Había sido diferente por el camino, donde el mundo era de todos y de nadie. Esto, en cambio, sólo era de ellos, las cosas se hacían a su manera. Ahora se daba cuenta de que comer era un acto personal y no algo que se hacía con desconocidos. Masticar era un acto personal. No obstante, allí estaba, comiendo con unos desconocidos en un lugar desconocido. Sintió un leve estremecimiento y frunció el ceño, mirándolos uno por uno. La historia que le habían contado... "Vaya, están como una cabra", pensó con aspereza, "y son unos maleantes". La habían raptado, se la habían llevado del bosque que era de su propiedad y ahora esperaban que durmiera, ¿toda la noche?, en esta casa sucia, extravagante. Jamás había dormido en una cama que no fuera la suya. Todas estas ideas emergieron a la vez del rincón más oscuro de su cerebro. Dejó el tenedor en el plato y dijo con voz titubeante:

—Quiero irme a mi casa.

Los Tuck dejaron de comer y la miraron asombrados. Mae dijo con voz conciliadora:

—Pues claro que sí, niña. Es natural. Te llevaré a tu casa, como te prometí..., en cuanto charlemos un rato y estés convencida de que no debes contar a nadie lo del manantial. Sólo te hemos traído aquí para eso. Hemos de hacértelo ver.

Y Miles, jovial y con súbita simpatía, dijo:

—Tenemos una vieja barca de remos estupenda. Después de la cena te llevaré a dar un paseo.

—No, yo la llevaré —dijo Jesse—. Déjame llevarla. Yo fui quien la encontró, ¿no es cierto, Winnie Foster? Ya verás. Te enseñaré dónde hay ranas y. . .

—A callar —le cortó Tuck—. A callar todos. Yo llevaré a Winnie a dar un paseo por el lago. Hay mucho de que hablar y cuanto antes lo hagamos mejor. Tengo el presentimiento de que no disponemos de mucho tiempo.

Jesse soltó una carcajada y se pasó bruscamente la mano por entre los rizos:

—Esta sí que es buena, papá. Yo, en cambio, creo que tiempo es lo único que tenemos de sobra.

Pero Mae frunció el entrecejo.

—¿Estás preocupado, Tuck? ¿Qué te pasa? Nadie nos vio por el camino. Bueno, un momento . . . Sí que nos vio alguien, ahora que caigo. Había un hombre en las afueras de Treegap. No dijo nada, sin embargo.

—Pero me conoce —dijo Winnie. Ella también había olvidado al hombre del traje amarillo y ahora, al pensar en él, sintió una oleada de alivio—. El dirá a mi padre que me vio.

—¿Te conoce? —dijo Mae, acentuando el fruncimiento del ceño—. Pero no le pediste ayuda, pequeña. ¿Por qué?

—Tenía demasiado miedo para hacerlo —dijo Winnie con toda sinceridad.

Tuck meneó la cabeza.

—Jamás pensé que llegaríamos al extremo de dar miedo a los niños —dijo—. Supongo que no podemos resarcirte por ello, Winnie, pero siento muchísimo que las cosas tuvieran que suceder así; no lo dudes ni un momento. ¿Quién era ese hombre que viste?

—No sé su nombre —dijo Winnie—. Pero es un señor muy simpático, creo. —En realidad, ahora le parecía increíblemente simpático, una especie de salvador—. Vino a casa anoche, pero no llegó a entrar.

—No parece nada serio, papá —dijo Miles—. Un simple forastero de paso.

—Da lo mismo. Hemos de devolverte a tu casa, Winnie —dijo Tuck, poniéndose en pie con aire resuelto—. Hemos de devolverte a tu casa lo antes posible. Tengo el presentimiento de que todo este lío se va a desmigajar como pan mojado. Antes hemos de hablar, sin embargo, y el lago es el mejor sitio. El lago tiene respuestas. Ven, pequeña, vamos a dar un paseo.

12

El cielo era un rasgado resplandor rojo, rosa y anaran-
jado, y su reflejo temblaba en la superficie del lago,
como colores derramados de una paleta de pintor. El
sol se estaba poniendo a pasos agigantados; era como
una yema de huevo resbaladiza, de un rojo suave. Al
este, el cielo se estaba ensombreciendo, virando a un
color púrpura. Winnie, envalentonada por sus ideas
de salvación, subió intrépidamente a la barca. Los
tacones de sus botines chocaban con los tablones hú-
medos con un ruido sordo, que resonaba fuertemente
en el silencio cálido y sofocante. En la otra orilla del
lago, una rana emitió una nota profunda de adverten-
cia. Tuck subió a la barca, soltó la amarra y, colocando
los remos en sus soportes, los hundió hasta el fondo
con gesto enérgico. El bote se apartó de la orilla sin
ruido y se deslizó por las aguas rozando las altas
hierbas que sobresalían.

Aquí y allá se agitaba la quieta superficie del agua, y anillos brillantes se dilataban sin el menor sonido hasta desaparecer.

—Es hora de comer —dijo Tuck suavemente.

Y Winnie, mirando abajo, vio oleadas de pequeños insectos saltando y zumbando a ras de agua.

—Es la mejor hora para pescar, cuando suben a comer.

Dejó de remar. El bote aminoró su marcha y derivó lentamente hacia la otra orilla. Había tanta quietud que Winnie casi dio un respingo cuando la rana volvió a croar. Luego, en los altos pinos y abedules que bordeaban el lago, un petirrojo cantó. Las notas plateadas eran puras, claras, preciosas.

— ¿Sabes qué es eso que nos rodea por todas partes, Winnie? —dijo Tuck en voz baja—. La vida. Bullendo, creciendo, transformándose, cambiando a cada segundo. Esta agua que ves cada mañana parece siempre la misma, pero no lo es. Ha estado toda la noche en movimiento, llegando al lago desde el arroyo del oeste y saliendo de nuevo por el arroyo del este, siempre silenciosa, siempre nueva, fluyendo sin cesar. Apenas ves la corriente, ¿verdad? Y a veces, el viento le da la apariencia de ir hacia el lado contrario. Pero siempre está ahí, el agua siempre se está moviendo, y un día, al cabo de un tiempo, desemboca en el mar.

Derivaron un rato en silencio. La rana volvió a croar y, detrás de ellos, muy lejos, en algún lugar secreto entre los juncos, otra rana le respondió. Bajo la luz mortecina, los árboles de la orilla perdían lentamente sus dimensiones, como siluetas planas recortadas en papel negro y pegadas al pálido cielo. La voz de una nueva rana, más áspera aunque no tan profunda, resonó en la orilla más cercana.

—¿Y sabes lo que le pasa luego? —dijo Tuck—. Al agua, me refiero. El sol la absorbe del mar y las nubes la vuelven a transportar y, luego, llueve y la lluvia cae en el arroyo y el arroyo sigue fluyendo, llevándola de nuevo por el mismo camino. Es una rueda, Winnie. Todo es una rueda, que gira y gira sin cesar. Las ranas forman parte de ella, y los insectos y los peces y también el petirrojo. Y las personas. Pero nunca son los mismos. Se remueven constantemente, siempre están creciendo y cambiando, siempre se están moviendo. Así es como ha de ser. Y así es.

El bote había llegado al final del lago, pero su proa encalló con las ramas podridas de un árbol caído cuyos recios dedos penetraban en el agua. Aunque la corriente les empujaba, ladeándolos por la popa, el bote estaba encallado y no podía seguir adelante.

El agua resbalaba por los lados, entre cañizales y zarzas, y gorgoteaba bajando por un angosto lecho, superando piedras y guijarros, levantando un poco de espuma, cobrando rapidez tras su lento recorrido entre las amplias orillas del lago. Más allá, Winnie pudo ver que aumentaba la velocidad, describía una curva para rodear un sauce inclinado y desaparecía.

—Sigue su recorrido hasta el océano —dijo Tuck—.

Pero nuestra barca está encallada. Si nosotros no hiciéramos nada para sacarla, permanecería aquí para siempre, intentando zafarse, pero atascada. Eso es lo que nos pasa a los Tuck, Winnie. Estamos atascados y no podemos avanzar. Ya no formamos parte de la rueda. Estamos fuera, Winnie. Nos ha dejado atrás. A nuestro alrededor, todo se mueve y crece y cambia. Tú, por ejemplo. Ahora eres una niña, pero un día serás mujer. Y luego, seguirás adelante para dejar sitio a los niños que nazcan.

Winnie pestañeó y, de pronto, su cerebro se vio inundado por la comprensión de lo que le estaban diciendo. Pues ella —sí, incluso ella— un día se iría del mundo, le gustara o no. Simplemente se apagaría, como la llama de una vela, y todas las protestas serían en vano. Era una certeza. Se había esforzado mucho para no pensar en ello, pero, a veces, como en ese mismo momento, era una evidencia que le asaltaba. Sintió rabia e, impotente y ofendida, dijo abruptamente:

—No quiero morir.

—No —dijo Tuck con calma—. Ahora no. Tu hora no ha llegado. Pero la muerte también forma parte de la rueda. Está a tu lado en el momento en que naces. No se pueden coger las piezas que uno quiere y prescindir de las demás. La suerte es poder ser parte del todo. Pero los Tuck nos hemos quedado sin esa oportunidad. Vivir es un trabajo duro, sí, pero nuestra manera de ser, incompleta, es inútil. Para nosotros, no tiene ningún sentido. Si supiera cómo subir de nuevo a la rueda, lo haría sin pensarlo dos veces. No se puede vivir sin morir. Así que no se puede llamar vida a lo que nosotros tenemos. Simplemente somos, simplemente estamos, como rocas a un lado del camino.

La voz de Tuck se había vuelto dura, y Winnie, sorprendida, estaba rígida en su asiento. Nunca le habían hablado de semejantes cosas.

—Quiero volver a crecer —siguió diciendo Tuck entre dientes— y a cambiar. Y aunque eso signifique que debo llegar hasta el fin, lo deseo igual. Mira, Winnie, nadie puede saber lo que es eso sin haberlo experimentado. Si los hombres se enteraran de la existencia del manantial de Treegap, acudirían como cerdos al fango. Se pisotearían entre ellos para conseguir un poco de agua. Eso ya sería bastante lamentable, pero luego… ¿Te lo puedes figurar? Los niños serían niños para siempre. Los viejos serían viejos para siempre. ¿Te das cuenta de lo que significa para siempre? La rueda continuaría girando, el agua continuaría desembocando en el mar, pero las personas no serían más que piedras a un lado del camino. Porque no lo descubrirían hasta después, y entonces ya sería demasiado tarde.

La miró con fijeza y Winnie notó que el esfuerzo le obligaba a contraer el rostro.

—¿Lo comprendes ahora, pequeña? ¿Lo comprendes? Oh, Dios, tengo que hacértelo comprender.

Hubo un silencio largo, muy largo. Luchando contra la angustia, Winnie sólo podía permanecer quieta, encogida y anonadada, el murmullo del agua resonando sin fin en sus oídos. Ahora era oscura, aterciopelada, y lamía los flancos de la barca, corriendo por su lado hacia el arroyo.

Entonces, al otro lado del lago, sonó una voz. Era Miles y cada una de sus palabras llegó con total claridad a través del agua hasta ellos.

—¡Papá! ¡Vuelve, papá! ¡Ha ocurrido algo, papá! El caballo ha desaparecido. ¿Me oyes? ¡Alguien ha robado el caballo!

13

Algo después, el hombre del traje amarillo se dejaba resbalar de la silla y ataba el viejo penco de los Tuck en la cerca de los Foster. Empujó la verja para ver si estaba cerrada. No lo estaba. La abrió y se encaminó hacia la casa. Aunque era muy tarde, casi medianoche, las ventanas desprendían un resplandor dorado: la familia aún no se había acostado. El hombre del traje amarillo se quitó el sombrero y se alisó el pelo con sus largos dedos blancos. Luego, llamó a la puerta. Al punto, abrió la abuela de Winnie y, antes de que pudiera hablar, el hombre se le adelantó:

—¡Ah! ¡Buenas noches! ¿Me permite entrar? Traigo buenas noticias para ustedes. Sé adónde han llevado a la niña.

14

Los Tuck no podían hacer otra cosa que acostarse. Estaba demasiado oscuro para salir tras el ladrón del caballo. Por otra parte, no tenían ni idea de cuándo se había cometido el robo ni en qué dirección se había ido.

—Es el colmo, papá —dijo Jesse—. ¡Será posible! ¡Ir a casa de alguien y robar un caballo ante sus mismas narices!

—Sí, es cierto —dijo Tuck—. Pero la cuestión es saber si era un simple ratero o alguien que tenía una razón especial. No me gusta nada. Esta historia me parece de mal agüero.

—Calla, Tuck —dijo Mae. Estaba poniendo una colcha en el viejo sofá para hacerle una cama a Winnie—. Te preocupas demasiado. No se puede hacer nada; así que no le demos más vueltas. No hay ninguna razón para inquietarse, por lo demás. Venga, esta noche vamos a dormir como troncos y ya pensaremos en eso mañana, cuando estemos frescos. Vamos, muchachos, subid arriba y nada de chácharas, que no nos dejaríais dormir. Winnie, pequeña, acuéstate tú también. Aquí en el sofá dormirás como una reina.

Pero Winnie no pudo pegar ojo en mucho, mucho rato. Los almohadones del sofá eran muy duros y olían a periódicos viejos; y el cojín de la silla que Mae le había dado para usar de almohada era delgado y tieso, y le rascaba las mejillas. Aunque lo peor era el hecho de seguir vestida con sus ropas, pues se había negado en redondo a ponerse el camisón que Mae le había ofrecido y que parecía compuesto de millas de franela gastada. Sólo habría aceptado un camisón suyo y las costumbres normales de su casa a la hora de acostarse. Sin eso, se sentía triste, sola, alejada del hogar. La felicidad que había sentido durante el viaje se había desvanecido por completo; el extenso mundo se había encogido y sus miedos más antiguos campaban libremente por su conciencia. Era increíble estar en aquella casa, era un ultraje. Pero no podía hacer nada, no podía tomar las riendas de la situación, y la charla de la barca le había dejado exhausta.

¿Era verdad? ¿Era verdad que los Tuck no podían morir? Por supuesto, a ellos ni siquiera se les había pasado por la cabeza la posibilidad de que no los creyera. Sólo querían que guardara el secreto. Pues bien, no los creía. Era un completo absurdo. ¿No? Lo era, ¿no?

La cabeza de Winnie era un torbellino. El recuerdo del hombre del traje amarillo era lo único que le impedía llorar.

—Ya lo habrá contado a estas horas —pensó, repitiéndolo varias veces—. Llevarán horas buscándome. ¡Pero no saben adónde ir! No, el hombre vio hacia dónde nos dirigíamos. Papá me encontrará. Me están buscando en estos momentos.

Lo dijo una y otra vez, embutida en la colcha, mientras, en el exterior, la luna se encaramaba en el cielo, volviendo de plata el lago. Ahora que había refrescado un poco, había una ligera niebla, y las ranas croaban a sus anchas. Al poco se les unieron los grillos, con su canción aguda y rítmica. En el cajón de la mesa, el ratón disfrutaba de lo lindo con las migas de las tortas que Mae le había dejado adrede. Al final, estos sonidos fueron más claros para Winnie que la voz de sus ideas. Empezó a relajarse, escuchando los sonidos del silencio. Entonces, cuando se estaba zambullendo en el sueño, oyó pasos y descubrió a Mae a su lado:

—¿Descansas bien, niña? —murmuró.

—Muy bien, gracias —dijo Winnie.

—Siento mucho todo esto —dijo Mae—. No se me ocurrió otra cosa que llevarte con nosotros. Sé que no eres muy feliz aquí, pero . . . bueno . . . ¿por lo menos has tenido una charla con Tuck?

—Sí, supongo —dijo Winnie.

—Estupendo. Bueno. Vuelvo a la cama. Que duermas bien.

—De acuerdo —dijo Winnie.

Pero Mae no se movió.

—Llevamos tanto tiempo solos —dijo por fin—. Creo que no sabemos cómo comportarnos con los huéspedes. Pero, aun así, es agradable tenerte entre nosotros. Ojalá fueras . . . nuestra.

Alargó temerosa una mano y le acarició el pelo.

—Bueno —dijo—. Buenas noches.

—Buenas noches —dijo Winnie.

Tuck también fue a verla algo más tarde y la observó con ojos ansiosos. Llevaba un camisón blanco hasta los pies y tenía el pelo alborotado.

—¡Oh! —exclamó—. ¿Aún despierta? ¿Estás bien?

—Sí —dijo Winnie.

—No quería molestarte —dijo—. Pero he estado todo el rato en la cama pensando que debería estar a tu lado hasta que te durmieras.

—No hace falta —dijo Winnie, sorprendida y emocionada—. Estoy muy bien.

El pareció titubear.

—De acuerdo... Pero, ¿gritarás si deseas algo? Estoy en la habitación de al lado. Vendré como una bala. —Y luego añadió bruscamente—: Hace tanto tiempo que no hay un niño normal en esta casa —se le apagó la voz—. Bien, procura dormir un poco. Supongo que no estarás acostumbrada a dormir en sofás como éste.

—Se está bien —dijo Winnie.

—La cama no es mejor. Si lo fuera, me cambiaría contigo —dijo.

Parecía no saber cómo terminar la conversación. Pero entonces, se agachó, la besó fugazmente en la mejilla y se fue.

Winnie permaneció con los ojos muy abiertos. Se sentía repleta de cariño y . . . confusa. De pronto, se preguntó lo que iba a ser de los Tuck cuando llegara su padre. ¿Qué les haría? Ella nunca podría explicar cómo se habían portado, cómo la habían hecho sentir. Recordó con remordimientos que, durante la cena, había decidido que eran unos maleantes. Y lo eran, desde luego. No obstante . . .

Al rato, un último visitante añadió la gota que faltaba para rebosar el vaso de su desconcierto. Oyó crujir los escalones de la buhardilla y se encontró a Jesse mirándola, muy guapo y nervioso a la pálida luz azulada de la luna.

—Eh, Winnie Foster —musitó—. ¿Duermes?

Winnie se incorporó, envolviéndose en la colcha con súbita vergüenza, y contestó:

—No, aún no.

—Pues entonces escucha. —Se arrodilló a su lado, sus rizos oscilantes y sus ojos muy abiertos—. Lo he estado pensando. Papá tiene razón: debes guardar el secreto. Es fácil comprenderlo. Pero, por otra parte, tú ya sabes lo del agua y vives cerca de ella; de modo que puedes ir al manantial en cualquier momento y, en fin, oye, ¿por qué no esperas a tener diecisiete años como yo? . . . Caray, sólo son seis años . . . Y entonces, un día vas y bebes una poca. De esta manera podrías fugarte conmigo. Incluso podríamos casarnos. ¡Sería fabuloso! ¿No te parece? Nos lo pasaríamos en grande viajando por el mundo, viéndolo todo. Mira, mamá, papá y Miles no saben lo que es disfrutar, no saben lo que tenemos. Caramba, Winnie, la vida es para disfrutarla, ¿no? ¿Para qué sirve, si no? Es lo que yo pienso. Tú y yo podríamos gozar de una felicidad que nunca, nunca terminaría. ¿No sería sensacional?

Winnie volvió a adorarlo, viéndolo arrodillado a su lado bajo la luz de la luna. No estaba loco. ¿Cómo podía estarlo? Sólo era . . . asombroso. Pero se había quedado de piedra. No podía apartar los ojos de él.

—Piénsalo, Winnie Foster —cuchicheó Jesse con vehemencia—. Piénsalo y dime si no es fabuloso. En cualquier caso, nos veremos por la mañana. ¿De acuerdo?

—De acuerdo —consiguió murmurar.

Entonces, él se fue silenciosamente, haciendo crujir los escalones al subir, pero Winnie se quedó completamente desvelada, las mejillas como brasas. Aquella sugerencia extraordinaria la desbordaba, no podía "pensarlo". No estaba segura de nada. Por fin, volvió a tumbarse y se quedó con los ojos clavados en la luz de la luna durante media hora antes de quedarse dormida.

15

En Treegap, la misma luna impregnaba de plata el techo de la casa "Mírame y no me toques". Sin embargo, en el interior, todas las luces estaban encendidas.

—Así es —dijo el hombre del traje amarillo—. Sé dónde está.

Se arrellanó en la silla del inmaculado salón de los Foster, cruzando sus largas y delgadas piernas, e inició un movimiento rítmico con el pie suspendido. Se colgó el sombrero en la rodilla y sonrió, entornando los ojos.

—Los seguí, ¿saben? Está con ellos en estos momentos. En cuanto llegaron a su destino, volví directamente aquí. Suponía que ustedes iban a estar levantados. Se han pasado todo el día buscándola, claro. Deben estar muy preocupados.

Entonces, sin hacer caso de sus exclamaciones, alzó una mano y empezó a mesarse la barbita.

—Verán —dijo con expresión pensativa—, he hecho un largo viaje buscando un bosque exactamente igual al que tienen aquí al lado. Para mí sería estupendo tenerlo y todo un placer ser vecino de personas como ustedes. Y no cortaría muchos árboles, que conste. No soy un bárbaro, como pueden comprobar ustedes mismos. No, sólo unos cuantos. Apenas notarían la diferencia, de veras. —Hizo un ademán con sus largos dedos blancos y sonrió, llenándosele la cara de arrugas agradables—. Creo que seríamos buenos amigos. Caramba, la pequeña y yo ya somos buenos amigos, después de todo. Sería todo un alivio tenerla otra vez en casa, ¿verdad? —Chascó la lengua y frunció el ceño—. Los secuestros son algo monstruoso. ¡Menos mal que lo presencié! Caramba, de no ser por mí, puede que no hubieran encontrado ninguna pista. Los secuestradores son unos campesinos sin educación. No hace falta decir lo que podrían hacerle unos analfabetos así. Sí. —Suspiró, arqueando las cejas y sonriendo de nuevo—. Por lo visto, soy la única persona en el mundo que sabe dónde encontrarla.

Entonces, el hombre del traje amarillo se inclinó hacia delante. Su rostro alargado adquirió una expresión dura.

—Bien, no hará falta repetirlo dos veces, tratándose de personas como ustedes. Uno se tropieza en la vida con tipos que se ahogan en un vaso de agua, y eso complica las cosas. Pero a ustedes no será necesario explicarles la situación. Yo tengo lo que ustedes quieren, y ustedes tienen lo que yo quiero. Desde luego, podrían dar con la niña sin mi ayuda, pero . . . a lo mejor no la encontraban a tiempo. En resumen: yo quiero el bosque, y ustedes a la niña. Es un canje. Un canje puro y simple.

Observó una por una las tres caras perplejas y, como si no notara en ellas más que una tranquila conformidad, sonrió satisfecho y se frotó las manos.

—Trato hecho —dijo—. Lo sabía de antemano. Me decía a mí mismo: "Son personas inteligentes y sensatas". Rara vez me equivoco en mis juicios sobre la gente. Y muy rara vez sufro decepciones. ¡Muy bien! Ahora sólo falta poner por escrito que me ceden el bosque y estampar su firma. Convendrán conmigo en que es mejor hacer las cosas tal como está mandado por la ley. Lo demás es sencillo. Una minucia. Ustedes van a buscar al comisario, y él y yo iremos a buscar a la niña y los criminales. No . . . Oh, no, señor Foster. Comprendo su interés, pero usted no debe venir con nosotros. Llevaremos este asunto a mi manera. ¡Vamos! Ya pueden dar por terminada esta horrible pesadilla. ¡No saben lo afortunado que me siento por poder ayudarles!

16

El comisario era gordo y se caía de sueño. Resollaba al hablar. Y no había parado de hablar desde que él y el hombre del traje amarillo emprendieron la marcha.

—Primero, me sacan de la cama en plena noche, después de haber estado desde el amanecer buscando a esa niña, y ahora supongo que querrá hacerme correr todo el camino —dijo con amargura—. Debo decirle que mi caballo no es muy fuerte. Tengo como norma no espolearlo demasiado, pues normalmente no hay prisa en llegar. De todas maneras, pienso que podríamos haber esperado que amaneciera.

El hombre del traje amarillo se mostró cortés, como siempre:

—Los Foster están esperando desde ayer por la mañana —observó—. Como es natural, están muy inquietos. Cuanto antes lleguemos, antes recuperarán a la niña.

—¿Cómo es que se toma tan a pecho esta historia? —preguntó receloso el comisario—. Tal vez está confabulado con los secuestradores. ¿Cómo sé yo que no? Debería haberlos denunciado inmediatamente, cuando vio que se la llevaban.

El hombre del traje amarillo lanzó un suspiro.

—Como es evidente, antes tenía que descubrir adónde iban —explicó cargándose de paciencia—. Regresé en cuanto lo supe. Y los Foster son amigos míos. Me han vendido el bosque.

Al comisario se le salieron los ojos de las órbitas.

—¡Que me aspen! —dijo—. ¡No me diga! Nunca hubiera pensado que fueran a hacer una cosa semejante, por muy amigo de ellos que sea. Son la familia más antigua de la comarca, ¿sabe? Más orgullosos que pavos reales. Orgullosos de la familia y sus propiedades. ¿Y dice usted que se lo han vendido? Vaya, vaya. —Y lanzó un silbido de asombro.

Avanzaron en silencio durante un rato, rodeando el bosque y atravesando el prado bañado por la luz de las estrellas. Luego, el comisario bostezó profundamente y dijo:

—¿Puede decirme cuánto tiempo tardaremos? ¿Hay que ir muy lejos?

—Unas veinte millas al norte —dijo el hombre del traje amarillo.

—El comisario rezongó.

—¡Veinte millas! —Colocó bien el rifle que llevaba cruzado sobre la silla y volvió a rezongar—: ¿Hasta las colinas? Es un buen paseo; sí, señor.

No obtuvo respuesta. El comisario pasó los dedos por el cañón brillante del rifle. Luego, se encogió de hombros y se hundió un poco en la silla.

—Más vale tomárselo con calma. —Silbó y prosiguió afable—. Tendremos que cabalgar unas tres o cuatro horas.

Tampoco obtuvo respuesta.

—Sí, señor —dijo el comisario, intentándolo de nuevo—. Esto es una completa novedad por estos contornos. Nunca se había producido un caso de secuestro, que yo sepa, y llevo quince años en el cargo.

Aguardó.

—Si usted lo dice —contestó por fin su compañero.

—Sí, es un hecho —dijo el comisario con evidente alivio. Tal vez ahora podrían charlar un poco—. Sí, quince años. He visto muchos jaleos en quince años, pero ninguno comparable a éste. Claro que siempre hay una primera vez, como suele decirse. Tenemos una cárcel recién construida, ¿lo ha observado? ¡Una maravilla, oiga! Esos tipos disfrutarán de una estancia agradable y limpia. —Se rió entre dientes—. Aunque no por mucho tiempo, claro está. El juez del distrito vendrá la semana que viene. Lo más probable es que los envíe a Charleyville, a la prisión del condado. Es lo que se hace en los casos graves. Sí, claro, tenemos celdas para casos de necesidad. Creo que el solo hecho de tenerlas evita muchos problemas. Aunque no se hayan utilizado nunca. Eso se debe a que de los asuntos graves se encargan en Charleyville, como le he dicho.

El comisario se interrumpió para encender un cigarro y luego siguió en tono jovial:

—¿Qué proyecta hacer en el bosque de los Foster? ¿Piensa talarlo? ¿Edificar una casa o un almacén, quizá?

—No —dijo el hombre del traje amarillo.

El comisario esperó una respuesta más larga, pero no la hubo. Otra vez le volvió el mal humor. Frunció el entrecejo y sacudió con un gesto la ceniza del cigarro.

—Oiga —dijo—. Usted no es muy parlanchín, ¿eh?

El hombre del traje amarillo entrecerró los ojos. Las comisuras de los labios, por encima de la barbita gris, iniciaron una mueca de fastidio.

—Oiga —dijo conteniéndose—, ¿le importa que me adelante? Estoy preocupado por la chiquilla. Le explicaré cómo llegar. Yo iré delante para vigilarlos.

—Bien —dijo el comisario de mala gana—, de acuerdo, si tanta prisa tiene. Pero no haga nada hasta que yo llegue. Esos tipos podrían ser peligrosos. Intentaré no demorarme, pero mi caballo no es muy fuerte. No podría ponerlo al galope ni queriendo.

—Muy bien —dijo el hombre del traje amarillo—. Entonces, me marcho. Le esperaré en los alrededores de la casa.

Le explicó la ruta con pelos y señales y, luego,

hundiendo los talones en los flancos del viejo penco, se adentró al trote en la oscuridad. Al fondo, una leve huella del alba brillaba en las cumbres de las lejanas colinas.

El comisario mordisqueó el cigarro.

—Humph —dijo a su caballo—. ¿Habías visto nunca a un fulano vestido de esta manera? Oh, en fin, tiene que haber de todo, como suele decirse.

Y siguió a paso lento, bostezando, mientras la distancia que le separaba del otro hombre se dilataba a cada milla.

17

Era la segunda mañana en dos días que Winnie se despertaba temprano. Afuera, en el anillo de árboles que rodeaba el lago, los pájaros estaban festejando el nuevo día con un concierto digno de una banda de trombones. Winnie se desenredó de la colcha retorcida y se acercó a una ventana. La niebla se extendía a ras de agua y la luz aún era tenue.

Era irreal, ella misma se sentía irreal, haber despertado allí, con el pelo enmarañado y el vestido cubierto de arrugas. Se frotó los ojos. De los arbustos perlados de rocío que había al pie de la ventana saltó de pronto un sapo y Winnie lo miró ansiosa. Pero no, no era el mismo sapo, desde luego. Y recordando al otro sapo —su sapo, pensó casi con cariño—, tuvo la impresión de llevar varias semanas lejos de su casa. Entonces, oyó pasos en la escalera y pensó:

—¡Jesse!

Al punto se le encendieron las mejillas.

Fue Miles, sin embargo, quien entró en la sala y, al verla levantada, murmuró sonriendo:

—¡Estupendo! Ya estás despierta. Vamos, acompáñame a pescar algo para almorzar.

Ahora, Winnie procuró no hacer ruido al subir en la barca. Fue hasta el asiento de popa y Miles le pasó dos cañas viejas —"Cuidado con los anzuelos", le advirtió— y un frasco con los cebos: grasa de tocino cortada en pedacitos. Una gran mariposa nocturna surgió de debajo de las palas de los remos, colocadas bajo el asiento, y revoloteó suavemente en el aire fragante hasta desaparecer.

En la orilla, algo cayó con un ruido sordo al agua. ¡Una rana! Winnie sólo la vio un instante, cortando el aire con sus patas. El agua era tan transparente que permitía ver al fondo los pececillos pardos que se agitaban bulliciosos de un lado a otro.

Miles empujó la barca y dio un salto para subir. Al poco, se deslizaban bordeando la orilla más cercana, donde desembocaba un arroyo. Los puntales chirriaban cuando subía y bajaba los remos, pero Miles era todo un experto. Remaba sin levantar ni pizca de agua. Las gotas de agua que caían de los remos, al alzarse, formaban círculos superpuestos en la superficie que se ensanchaban silenciosamente tras ellos. Era un ambiente de paz.

—Hoy me llevarán a casa —pensó Winnie.

En el fondo estaba segura de ello, y empezaba a sentirse muy animada. La habían raptado, pero no había ocurrido nada malo y pronto iba a terminar todo. Sonrió al recordar las visitas de la noche anterior, y se dio cuenta de que quería a esa familia tan peculiar. Después de todo, eran amigos suyos. Sólo suyos.

—¿Qué tal has dormido? —preguntó Miles.

—Muy bien —dijo.

—Estupendo. Lo celebro. ¿Has ido alguna vez de pesca?

—No dijo.

—Te gustará. Es divertido. —Y le sonrió.

La niebla se estaba disipando, el sol asomaba por encima de los árboles y el agua centelleaba. Miles llevó la barca hasta una zona llena de nenúfares, que flotaban como manos abiertas en la superficie.

—Nos quedaremos aquí —dijo—. Hay truchas entre los juncos y la hierba. Venga, pásame las cañas, que preparé los anzuelos.

Winnie lo miró mientras trabajaba. Su cara era como la de Jesse, y sin embargo era diferente. Era más delgado, sin las mejillas redondas de Jesse, y más pálido; su pelo era casi liso, cortado recto por encima de las orejas. También sus manos eran distintas: los dedos más fuertes, la piel más endurecida, negra en los nudillos y bajo las uñas. Winnie recordó que solía trabajar como herrero; en efecto, sus hombros cubiertos por la camisa raída se notaban anchos y musculosos. Era sólido como un remo, mientras que Jesse, decidió, era como el agua, fino y ágil.

Miles pareció notar que le observaba. Levantó la vista y la miró con ojos dulces.

—¿Recuerdas que te dije que tenía dos hijos? —preguntó—. Pues bien, uno de ellos era un niña. También la llevaba a pescar. —Su rostro se ensombreció y meneó la cabeza—. Se llamaba Anna. Qué dulce era, Dios mío. Resulta sobrecogedor pensar que ahora tiene casi ochenta años, si es que aún vive. Y mi hijo, ochenta y dos.

Winnie escudriñó su rostro joven y sano y dijo:

—¿Por qué no les llevaste al manantial a beber un poco de agua?

—Verás, el caso es que, mientras estábamos en la granja, no asociamos lo que nos pasaba con el manantial —dijo Miles—. Más tarde, pensé en ir a buscarles. Quise hacerlo, el cielo lo sabe. Pero, Winnie, ¿qué habría pasado de haberlo hecho? Mi mujer tenía entonces casi cuarenta años. Y los niños, bien, ¿de qué habría servido?, eran casi adultos. Se habrían encontrado con un padre de casi su misma edad. No, habría sido muy complicado, muy extraño. No hubiera salido bien. Además, papá se negó en redondo cuando le expuse la idea. Dice que, cuanta menos gente conozca la existencia del manantial, menos podrán revelarlo. Toma, aquí tienes la caña. Sólo has de sumergir el anzuelo en el agua. Ya te percatarás cuando piquen.

Winnie cogió la caña y, sentándose de lado, observó el anzuelo hundiéndose poco a poco. Una libélula, como una resplandeciente joya turquesa, bajó en picado y se posó en los nenúfares. Luego, de un salto, desapareció en el aire. Un sapo dijo algo en la orilla más cercana.

—Hay muchos sapos por aquí —comentó Winnie.

—Sí, es verdad —dijo Miles—. Vienen siempre que no haya tortugas cerca. Se los comen en cuanto les ponen el ojo encima.

Winnie pensó en el peligro que corrían los sapos y suspiró.

—Sería bonito si nada tuviera que morir —dijo.

—Bueno, no lo sé —dijo Miles—. Si te paras a pensarlo, acabarás viendo que, de ser así, habría demasiados seres vivos, incluso demasiadas personas, y al poco tiempo estaríamos muy apretujados.

Winnie miró de soslayo el sedal e intentó imaginar un mundo abarrotado.

—Mmm . . . —dijo—. Sí, creo que tienes razón.

De pronto, la caña le dio una sacudida en las manos y se dobló como un arco hasta casi la superficie del agua. Winnie la agarró con fuerza, abriendo mucho los ojos.

—¡Eh! —exclamó Miles—. ¡Caramba! ¡Han picado! ¡Trucha fresca para el almuerzo, Winnie!

Pero, también de pronto, la caña se enderezó de nuevo y el sedal se destensó.

—Atiza —dijo Miles—. Se ha largado.

—Lo celebro —admitió Winnie, aflojando las manos de la caña—. Pesca tú, Miles. No me apetece.

Así estuvieron a la deriva un rato más. Ahora el cielo era de un azul intenso, disipados ya los últimos jirones de niebla, y el sol, sobresaliendo más por encima de los árboles, caía con fuerza en la espalda de Winnie. La primera semana de agosto se reafirmaba tras una noche de sueño. Iba a ser otro día agobiante.

Un mosquito fue a posarse en la rodilla de Winnie. Le dio un manotazo distraídamente, mientras pensaba en lo que Miles le había dicho. Si todos los mosquitos vivieran eternamente y no pararan de tener crías, sería terrible. Los Tuck tenían razón. Convenía que nadie supiera lo del manantial, mosquitos incluidos. Ella guardaría el secreto. Miró a Miles y, luego, le preguntó:

—¿Qué piensas hacer con todo el tiempo que tienes?

—Un día —dijo Miles—, descubriré la manera de hacer algo importante.

Winnie asintió. Era lo mismo que ella pensaba.

—Tal como yo lo veo —continuó Miles—, no sirve de nada estar escondiéndose siempre, como papá y muchísimas personas. Tampoco sirve de nada pensar solamente en el propio placer. La gente tiene que hacer algo útil para ganarse un sitio en el mundo.

—Pero, ¿qué harás? —insistió Winnie.

—Todavía no lo sé —dijo Miles—. No fui nunca a la escuela, y eso aún lo hace más difícil. —Apretó la mandíbula y agregó—: Pero encontraré la manera. Descubriré algo.

Winnie asintió. Extendió la mano y rozó con los dedos un nenúfar que flotaba junto a la barca. Era cálido y muy áspero, como un secante, pero en el centro tenía una gota de agua, redonda y perfecta. Tocó la gota y notó la humedad en la yema del dedo, pero la gota de agua, aunque se encogió un poquitín, siguió siendo tan redonda y perfecta como antes.

Al rato, Miles pescó un pez. Estaba en el suelo de la barca retorciéndose, abriendo y cerrando las agallas frenéticamente, boqueante. Winnie se acuclilló para observarlo. Era hermoso y horrible a la vez, con unas escamas brillantes e irisadas y un ojo como una canica que iba tornándose opaco mientras lo miraba. Tenía el anzuelo clavado en el labio superior. De repente, Winnie sintió deseos de llorar.

—Devuélvelo al lago, Miles —dijo con voz seca y áspera—. Devuélvelo al lago enseguida.

Miles inició una protesta, pero, mirándola a los ojos, cogió la trucha y desprendió el anzuelo con sumo cuidado.

—Muy bien, Winnie —dijo.

Arrojó el pez por la borda. Este contorsionó la cola y desapareció bajo los nenúfares.

—¿Se pondrá bien? —inquirió Winnie, sintiéndose tonta y feliz al mismo tiempo.

—Sí, se pondrá bien —la tranquilizó Miles, añadiendo a continuación—: Las personas a veces han de comerse a otros seres vivos. Es lo natural. Y eso significa tener que matarlos.

—Lo sé —dijo Winnie con un hilo de voz—. Pero aun así . . .

—Sí —dijo Miles—. Lo comprendo.

18

De manera que para almorzar comieron otra vez tortas, aunque no pareció importarle a nadie.

—Hoy no han picado, ¿eh? —dijo Mae.

—No —dijo Miles—, no ha picado nada que valiera la pena.

Era verdad en el fondo. Y aunque Winnie se puso contentísima al oírle, se sintió agradecida de que no hubiera explicado nada.

—No importa —dijo Mae—. Debes estar falto de práctica. Quizás mañana . . .

—Si —dijo Miles—. Mañana.

Pero era la idea de ver otra vez a Jesse lo que a Winnie le formaba un nudo en el estómago. Por fin, cuando Mae estaba poniendo las tortas en los platos, bajó de la buhardilla, bostezante y sonrojado, restregándose los rizos.

—Vaya, dormilón —le dijo cariñosamente—. Por poco te quedas sin comer. Miles y Winnie llevan horas despiertos. Han ido a pescar y ya han vuelto.

—¿Oh? —dijo Jesse clavando los ojos en Miles—. ¿Y dónde está el pescado, entonces? ¿Cómo es que sólo hay tortas?

—Mala suerte —dijo Mae—. No han querido picar, vete a saber por qué.

—Porque Miles no sabe pescar, por eso —dijo Jesse.

Sonrió a Winnie y ésta agachó la cabeza, sintiendo cómo se le desbocaba el corazón.

—Da igual —dijo Mae—. Tenemos llena la despensa. Venid todos a buscar los platos.

Se sentaron en el salón como la noche anterior. En el techo oscilaban mil destellos y la luz del sol inundaba el suelo polvoriento, cubierto de serrín. Mae lo supervisó todo y suspiró con alegría.

—Caramba, es fenomenal —dijo con el tenedor suspendido encima del plato—. Todos juntos de nuevo. Y además con Winnie en casa ... Caramba, es como una fiesta.

—Es verdad —dijeron Jesse y Miles al unísono, y Winnie se sintió inundada de felicidad.

—Aún quedan cosas por discutir, sin embargo —les recordó Tuck—. Está el asunto del robo del caballo. Y tenemos que llevar a Winnie a su casa. ¿Cómo lo haremos sin el caballo?

—Después de comer, Tuck —dijo Mae con firme-

za—. No arruines un almuerzo agradable con perora-
tas. Enseguida nos ocuparemos de todo.

De manera que se pusieron a comer en silencio;
esta vez Winnie se lamió la miel de los dedos sin pensarlo dos veces. Los temores de la cena le parecían
ahora una completa tontería. Tal vez estaban locos, sí,
pero no eran maleantes. Les quería. Le pertenecían.

— ¿Qué tal has dormido, pequeña? —dijo Tuck.

—De primera —contestó, y por un momento deseó
poder quedarse con ellos en la casita soleada y caótica
del lago. Crecer con ellos y quizás, si era cierto lo del
manantial, quizás cuando cumpliera diecisiete años...
Miró a Jesse sentado en el suelo, con la cabeza rizada
inclinada sobre el plato. Luego, miró a Miles. Y después, sus ojos llegaron a Tuck, demorándose en su
cara triste, surcada por las arrugas. Pensó que él era el
que más se hacía querer, aunque no sabía explicar el
porqué de esa impresión.

No tuvo tiempo de hacerse más preguntas, sin embargo, pues en aquel instante llamaron a la puerta.

Fue un sonido tan extraño, tan repentino y sor-
prendente que a Mae se le cayó el tenedor, y todos
levantaron la vista, estupefactos.

— ¿Quién será? —dijo Tuck.

—No tengo ni idea —murmuró Mae—. Nunca hemos tenido visitas desde que vivimos aquí.

Llamaron de nuevo.

—Iré yo, mamá —dijo Miles.

—No, quédate donde estás —dijo ella—. Iré yo.

Dejó el plato con cuidado en el suelo y se puso en pie, alisándose la falda. Fue a la cocina y abrió la puerta.

Winnie reconoció la voz al instante. Era una voz almibarada y agradable. El hombre del traje amarillo.

—Buenos días, señora Tuck. Pues es usted la señora Tuck, ¿no? ¿Puedo pasar? —dijo.

19

El hombre del traje amarillo entró en la estancia bañada de sol. Se quedó inmóvil un momento, observándolos a todos uno por uno: Mae y Miles y Jesse y Tuck, y también Winnie. Su rostro era inexpresivo, pero había algo desagradable detrás de ello, algo que Winnie captó inmediatamente, algo que la llenó de suspicacia. Con todo, su voz era cálida al hablar.

—Ya estás salvada, Winnie. He venido para devolverte a tu casa.

—Íbamos a llevarla nosotros mismos —dijo Tuck, levantándose lentamente—. No ha corrido ningún peligro.

—Usted será el señor Tuck, me figuro —dijo el hombre del traje amarillo.

—En efecto —dijo Tuck formalmente, irguiendo la espalda más que de costumbre.

—Bien, pueden volver a sentarse. Usted también, señora Tuck. Tengo mucho de que hablar y dispongo de poco tiempo.

Mae se sentó al borde de la mecedora, y Tuck también lo hizo, aunque los ojos se le habían vuelto un par de rendijas.

Jesse habló con aire incómodo:

— ¿Quién diablos cree ser para . . .?

Pero Tuck le interrumpió:

—Cállate, muchacho. Déjale hablar.

—Una decisión prudente —dijo el hombre del traje amarillo—. Procuraré ser lo más breve posible. —Se quitó el sombrero y lo dejó en la repisa de la chimenea. Luego, dando golpecitos con el pie contra el suelo, les observó. Su rostro era inescrutable, vacío—. Nací en el oeste —empezó—, y mi abuela me educó contándome un sinfín de historias. Eran historias fantásticas, increíbles, pero yo me las creía. En ellas intervenía una querida amiga de mi abuela que, al casarse, entró a formar parte de una familia muy peculiar. Se casó con el mayor de dos hermanos, y tuvieron dos hijos. No empezó a notar que esa familia era peculiar hasta después del nacimiento de los dos hijos. Esa amiga de mi abuela vivió veinte años con su marido y, por extraño que parezca, éste no envejeció en absoluto. Ella sí, pero él no. Ni tampoco los padres ni el hermano de su marido. La gente empezó a sentirse intrigada por esa familia, y la amiga de mi abuela acabó llegando a la conclusión de que eran brujos, o algo peor. Dejó a su marido y se fue con los hijos a vivir en casa de mi abuela. Al cabo de una breve temporada, decidió mudarse al oeste. No sé qué fue de ella. Pero mi madre aún la recuerda jugando con sus hijos. Eran más o menos de la misma edad. Un niño y una niña.

—¡Anna! —musitó Miles.

Mae explotó:

—¡Nadie le ha llamado aquí, y menos para darnos disgustos!

Y Tuck añadió con voz ruda:

—Usted pretende decirnos algo. Vale más que deje de andarse por las ramas y vaya al grano.

—Vamos, vamos, por favor —dijo el hombre del traje amarillo. Extendió sus largos dedos blancos con ademán apaciguador—. Presten atención. Como les he dicho, las historias de mi abuela me fascinaban. ¡Gente que no envejecía, figúrense! ¡Era fantástico! Se convirtieron en una obsesión. Decidí consagrar la vida a descubrir si podían ser ciertas y, de serlo, cómo y por qué. Fui a la escuela y a la universidad. Estudié filosofía, metafísica, incluso un poco de medicina. Ninguna de estas disciplinas me aclaró nada. Oh, sí, existían leyendas antiguas, pero poco más. Estuve a punto de desistir. Empezaba a parecer ridículo, una pérdida de tiempo. Regresé a mi casa. Mi abuela ya era muy vieja por entonces. Un día le llevé un regalo, una caja de música. Al verla, le evocó un detalle: la mujer, la madre de la familia que no envejecía, tenía también una caja de música.

La mano de Mae voló al bolsillo de la falda. Se quedó con la boca abierta, y la cerró con un chasquido.

—Esa caja de música tenía un melodía muy curiosa —prosiguió el hombre del traje amarillo—. La amiga de mi abuela y los hijos de ésta —¿Anna?, ¿así se llamaba la hija?— la habían oído tan a menudo que la sabían de memoria. Se la enseñaron a mi madre durante la corta temporada que vivieron en la casa. Entonces nos pusimos los tres a hablar de ello, después de tantos años, mi madre, mi abuela y yo. Mi madre por fin logró recordar la melodía. Ella me la enseñó. Hará casi veinte años, pero se me quedó grabada en la mente. Era una pista.

El hombre del traje amarillo cruzó los brazos y osciló levemente. Su voz era fluida, casi amistosa.

—Durante esos veinte años —continuó—, trabajé en otras cosas. Pero no pude olvidar nunca la canción ni la familia que jamás envejecía. Me acosaban en sueños continuamente. De manera que, hace unos meses, dejé mi casa y empecé a buscarlos, siguiendo la ruta que decían haber seguido cuando abandonaron su granja. Pregunté a mucha gente, pero nadie sabía nada. Nadie había oído hablar de ellos ni sabía su nombre. Pero, hace dos noches, oí la caja de música. Oí la melodía procedente del bosque de los Foster. Y a la mañana siguiente, temprano, por fin los vi, llevándose a Winifred. Los seguí y no me perdí ni una palabra de su historia.

El rostro de Mae se había vuelto blanco como la cera. Estaba boquiabierta. Tuck habló con aspereza:

—¿Qué se propone hacer?

El hombre del traje amarillo sonrió.

—Los Foster me han dado el bosque —dijo—, a cambio de devolverles a Winnie. Verán, yo era el único que sabía dónde estaba. Era un simple canje. Sí, les seguí, señora Tuck, y luego cogí el caballo y regresé.

La tensión en la sala era inmensa. Winnie descubrió que apenas podía respirar. ¿Era verdad, entonces? ¿O acaso aquel hombre también estaba loco?

—¡Cuatrero! —exclamó Tuck—. ¡Vaya al grano! ¿Qué va a hacer?

—Muy sencillo —dijo el hombre del traje amarillo y, al decirlo, la serenidad de su expresión empezó a disiparse un poco. Un leve rubor le ascendió por la garganta y la voz adquirió una nota un poco más chillona—. Como pasa con todas las cosas magníficas, es muy sencillo. El bosque, y el manantial, ahora me pertenecen. —Se dio una palmada en el bolsillo de la pechera—. Aquí tengo el papel que lo demuestra, debidamente firmado y legalizado. Pienso vender el agua. Como lo oyen.

—¡No puede hacer eso! —rugió Tuck—. ¡Tiene que estar loco!

El hombre del traje amarillo frunció el ceño.

—Pero no voy a venderla a cualquiera —protestó—. Sólo a ciertas personas, personas que lo merezcan. Y será muy, pero que muy cara. Después de todo, ¿quién no pagaría una fortuna por vivir eternamente?

—Yo —dijo Tuck con una mueca de amargura.

—Exacto —dijo el hombre del traje amarillo. Los ojos se le convirtieron en dos ascuas—. La gente ignorante como ustedes no debería tener nunca una oportunidad semejante. Debería estar reservada para... ciertas personas. Y para mí. No obstante, como ya es tarde para dejarles al margen, podrían asociarse conmigo en la empresa que pienso emprender. Pueden enseñarme dónde está el manantial y ayudarme a hacer publicidad. Haríamos exhibiciones. Ya saben, hacer cosas que para cualquiera serían mortales, pero que a ustedes no les afectarían en lo más mínimo. Les pagaré por su ayuda, desde luego. Pronto se propagará el rumor. Entonces, ustedes podrán seguir su camino. Bien, ¿qué dicen?

Jesse habló con un hilo de voz:

—Monstruos. Quiere que nos convirtamos en monstruos. Que hagamos un espectáculo de circo.

El hombre del traje amarillo arqueó las cejas y una petulancia nerviosa le apareció en la voz:

—Claro está que si la idea no les parece atractiva —dijo pestañeando rápidamente—, no es preciso que colaboren. Puedo encontrar el manantial y apañármelas perfectamente sin ustedes. Pero había considerado que lo más caballeroso era hacerles la oferta. Después de todo —añadió observando el desorden de la sala—, así podrían vivir de nuevo como personas y no como cerdos.

Aquí fue donde estalló la tensión. Los cuatro Tuck se levantaron de un salto, mientras Winnie, muy asustada, se acurrucaba en la silla. Tuck chilló:

—¡Está loco! ¡Como una cabra! ¡No puede divulgar el secreto del agua! ¿No se da cuenta de lo que pasaría?

—Les he dado una oportunidad —replicó el hombre del traje amarillo—, y la han rechazado. —Cogió bruscamente a Winnie del brazo y la arrancó de la silla—. Me llevo a la chica. Así podré empezar mi negocio.

Tuck estaba hecho una furia, y su rostro demudado por el horror.

—¡Loco! —vociferó.

Miles y Jesse también se pusieron a gritar. Se lanzaron todos tras el hombre del traje amarillo, que, arrastrando a Winnie, atravesaba la cocina en dirección a la puerta.

—¡No! —gritó ella, pues ahora le odiaba con todas sus fuerzas—. ¡No iré con usted! ¡No iré!

Pero él abrió la puerta y la empujó afuera. Sus ojos brillaban como brasas y su rostro estaba crispado.

De pronto, los gritos cesaron y, en medio del brusco silencio, se elevó la voz de Mae, sorda y fría.

—Deje a la niña —dijo.

Winnie miró atrás. Mae estaba en el umbral, empuñando la escopeta de Tuck por el cañón como si fuera un garrote.

El hombre del traje amarillo esbozó una sonrisa horrible.

—No comprendo por qué están tan alterados. ¿De verdad suponían que el agua iba a ser siempre para ustedes solos? Su egoísmo es realmente extraordinario y, lo que es peor, una completa estupidez. Hace mucho tiempo que hubieran podido hacer lo mismo que yo me he propuesto. Pero ahora ya es muy tarde. En cuanto Winnie beba un poco de agua, me servirá para mis demostraciones. Incluso me irá mejor. Los niños son mucho más seductores, al fin y al cabo. Así que vale más que se calmen. No podrán detenerme.

Pero estaba equivocado. Mae alzó la escopeta. Detrás de ella, Miles exclamó:

—¡Mamá! ¡No!

Pero el rostro de Mae era de un rojo intenso.

—¡Winnie, no! —dijo entre dientes—. ¡No le hará eso a Winnie! ¡Y no revelará el secreto!

Sus fuertes brazos hicieron girar la escopeta en el aire, como una rueda. El hombre del traje amarillo retrocedió de un salto, pero ya era tarde. Con un crujido seco, la culata de la escopeta le alcanzó de lleno en la parte posterior del cráneo. El hombre se derrumbó como un árbol, con los ojos desorbitados. Y en ese mismo momento, surgió de entre los pinos el comisario de Treegap, a tiempo de verlo todo.

20

Winnie hundía la mejilla en el pecho de Tuck, mientras lo abrazaba estrechamente. Estaba temblorosa y cerraba los ojos con fuerza. Podía sentir la respiración de Tuck entrando y saliendo con suaves jadeos. Se había hecho un gran silencio.

El comisario de Treegap se arrodilló junto al hombre del traje amarillo y dijo tras examinarlo:

—No está muerto. Aún no, por lo menos.

Winnie entornó los ojos. Vio la escopeta descansando en tierra, donde Mae la había dejado caer. También vio las manos de Mae, colgando fláccidamente a los costados. El sol era abrasador. Un mosquito le zumbó junto al oído.

El comisario se levantó.

—¿Por qué le ha golpeado? —resolló resentido.

—Se llevaba a la niña —dijo Mae. Su voz era monótona, cansada—. Se llevaba a la niña contra su voluntad.

El comisario estalló al oír eso:

—Maldita sea, mujer, ¿qué pretende decir? ¿Cómo que se llevaba a la niña contra su voluntad? Eso es precisamente lo que hicieron ustedes. Ustedes secuestraron a la niña.

Winnie soltó la cintura de Tuck y se volvió. Se le había pasado el temblor.

—No me secuestraron —dijo—. Vine aquí porque quise.

Detrás de ella, la respiración de Tuck se cortó.

—¿Quisiste? —repitió el comisario. La incredulidad le hizo abrir los ojos desmesuradamente—. ¿Quisiste?

—Exacto —dijo Winnie con desparpajo—. Son amigos míos.

El comisario la observó detenidamente. Se rascó el mentón, arqueando las cejas, y dejó su rifle en el suelo. Luego, se encogió de hombros y miró al hombre del traje amarillo que yacía inmóvil en la hierba, con el fuerte sol bañándole la cara y las manos. Tenía los ojos cerrados, pero, salvo por eso, parecía más que nunca una marioneta, una marioneta arrojada sin cuidado a un rincón, con los brazos y piernas desmadejados y los hilos enredados entre ellos.

Winnie le miró y la imagen le quedó grabada para siempre en el cerebro. Desvió los ojos rápidamente, mirando a Tuck para sosegarse. Pero Tuck no la estaba mirando, sino que, un poco inclinado hacia delante, las oscuras cejas fruncidas, la boca ligeramente abierta, tenía los ojos clavados en el cuerpo tendido en tierra. Parecía estar en trance y, sí, sentir envidia, como si fuera un hombre famélico presenciando un banquete por una ventana. Winnie no pudo soportar verle así. Alargó la mano y le tocó, rompiendo el hechizo. Tuck parpadeó y le cogió la mano, apretándosela.

—Bien, sea como sea —dijo el comisario por último, poniéndose manos a la obra—, hay que hacer algo. Entren a ese tipo en casa antes de que se achicharre. Y les aviso por anticipado: como no salga de ésta, se van a ver en un buen lío, amigos. Bueno, les diré lo que vamos a hacer. Usted —y señaló a Mae—, usted se viene conmigo. Usted y la niña. Tengo que encerrarla cuanto antes, y la niña debe volver a su casa. Los demás permanezcan junto a él. Cuídenlo. Volveré con el médico lo antes posible. Debiera haber traído a mi ayudante, pero no suponía que fuera a suceder algo así. Bueno, se está haciendo tarde. Venga, andando.

Miles dijo suavemente:

—Te sacaremos pronto, mamá.

—Seguro, mamá —dijo Jesse.

—No os preocupéis por mí —dijo Mae con la misma voz cansada—. Todo se arreglará.

—¿Qué todo se arreglará? —exclamó el comisario—. Me temo que no han comprendido nada. Si ese tipo muere, irá al patíbulo. No sé si se refiere a eso al decir que todo se arreglará.

El rostro de Tuck se demudó.

—¿El patíbulo? —musitó—. ¿La horca?

—Exacto —dijo el comisario—. Es lo que dice la ley. Bueno, pongámonos en marcha.

Miles y Jesse cargaron con el hombre del traje amarillo y lo llevaron con cuidado a la casa, mientras Tuck permanecía con los ojos clavados en un punto inconcreto. Winnie adivinó lo que estaba pensando. El comisario la subió al caballo y ayudó a Mae a subir al otro. Pero Winnie no apartó los ojos de Tuck. Tenía la cara muy pálida, las arrugas eran más profundas que nunca y sus ojos parecían hundidos y vacíos. Le oyó murmurar de nuevo:

—¡El patíbulo!

Entonces, Winnie dijo algo que no había dicho nunca, aunque eran palabras que había oído en ocasiones y que a menudo hubiera deseado oír. Le sonaron extrañas en sus labios, lo cual la hizo erguirse en la silla:

—Señor Tuck —dijo—, no se preocupe. Todo saldrá bien.

El comisario levantó los ojos al cielo y meneó la cabeza. Luego, agarrando el fusil, subió detrás de Winnie y condujo el caballo hacia el sendero.

—Pase delante —ladró a Mae—. No quiero perderla de vista. En cuanto a usted —dijo con voz tétrica a Tuck—, procure que ese tipo no muera en sus manos. Volveré lo más pronto que pueda.

—Todo saldrá bien —dijo Tuck lentamente.

Mae, hundida en la grupa del viejo penco, no respondió. Pero Winnie, asomando la cabeza por un lado del comisario, miró a Tuck.

—Ya lo verá —dijo.

Acto seguido, se volvió hacia delante. Se dirigía a casa, pero esa idea estaba lejos de su cabeza. Observó los cuartos traseros del caballo de Mae y las oscilaciones de las cerdas ásperas y polvorientas cuando sacudía la cola y detuvo los ojos en la espalda balanceante y encorvada de la mujer que iba en su grupa.

Atravesaron los pinos oscuros. Iba notando el aliento del comisario silbándole en los oídos y, cuando emergieron del frescor verde del bosque, Winnie volvió a ver el ancho mundo desplegándose ante ella, vibrando de luz y posibilidades. Pero ahora las posibilidades eran otras. No apuntaban hacia lo que podía pasarle, sino hacia lo que ella podía evitar que pasara. Pues sólo podía pensar en una necesidad evidente y terrible: Mae Tuck no debía subir a la horca. Cualquiera que fuese la suerte del hombre del traje amarillo, Mae Tuck no debía ser ahorcada. Porque, si todo lo que decían era cierto, Mae, aunque fuera la peor de los criminales y mereciese ser ajusticiada, Mae Tuck no podría morir.

21

Winnie colocó su pequeña mecedora junto a la ventana del cuarto y se sentó. Le habían regalado la mecedora cuando era muy pequeña, pero a veces aún se acurrucaba en ella cuando no la veían, ya que le recordaba cosas agradables, cosas consoladoras, que de lo contrario nunca aflorarían a la superficie de su cerebro. Y esa noche necesitaba consuelo.

El comisario la había llevado a casa. Todos se habían abalanzado hacia ella, abriendo la verja frenéticamente y cogiéndola, su madre llorando, su padre sin habla y estrechándola en sus brazos, su abuela hablando sin parar por la emoción. Hubo una embarazosa pausa cuando el comisario dijo que se había escapado por propia voluntad, pero sólo duró un instante. No le creyeron, no quisieron creerle, y su abuela dijo:

—Fueron los duendes. Les oímos. Debieron hechizarla.

Acto seguido, la metieron en casa y, después de insistir mucho en que tomara un baño, la sentaron a la mesa, le dieron de comer, la mimaron y se negaron, entre risillas y cuchicheos, a aceptar las respuestas que daba a sus preguntas: se había marchado con los Tuck porque . . . había querido. Los Tuck se habían portado muy bien con ella, le habían dado tortas de maíz y la habían llevado de pesca. Los Tuck eran gente buena y simpática. Con todo, esta impresión agradable que intentó transmitirles quedó anulada en el acto cuando les contó lo que había sido del hombre del traje amarillo. ¿Era verdad que le habían dado el bosque por haberla encontrado? Sí. Bien, puede que ahora no lo quisiera. Mae le había golpeado con la escopeta. Estaba muy maltrecho. Ellos recibieron la noticia con una mezcla de esperanza y horror. Su padre dijo:

—Supongo que el bosque volverá a nosotros si ese hombre . . . O sea, si no . . .

—Si muere, quieres decir —dijo Winnie sin ambages, dejándolos de piedra.

Poco después, la metieron en la cama con muchos besuqueos. Pero, cuando salieron de la habitación de puntillas, no paraban de mirarla ansiosamente por encima del hombro, como si notaran que ya no era la misma de antes. Como si una parte de ella hubiese desaparecido.

Bueno, pensó Winnie, cruzando los brazos en la ventana, la verdad es que era diferente. Las cosas que habían pasado sólo eran suyas, no tenían nada que ver con ellos. Era la primera vez. Y por mucho que se las contara, no podría hacerles entender ni compartir lo que había sentido. Era una sensación placentera y a la vez solitaria. Se balanceó en la mecedora, clavando los ojos en el crepúsculo, y esa sensación consoladora la embargó hasta los huesos. Era una sensación que la ataba a ellos, a su madre, a su padre, a su abuela, con lazos sólidos, demasiado antiguos y preciosos como para romperlos. Pero ahora existían lazos nuevos, tirantes e insistentes, que la ataban con igual firmeza a los Tuck.

Winnie observó el cielo ensombreciéndose por encima del bosque. No soplaba ni una pizca de viento que suavizara la agobiante noche de agosto. Además, por encima de los árboles, en el horizonte lejano, había un resplandor blanco. La luz del calor. Palpitaba una y otra vez, sin ningún ruido. Era como el dolor, pensó. De repente, deseó que se desencadenara una tempestad de rayos y truenos.

Acunando la cabeza entre los brazos, cerró los ojos y, al instante, emergió la imagen del hombre del traje amarillo. Lo volvió a ver, quieto, tendido en la hierba bañada por el sol.

—No puede morir —musitó pensando en Mae—. No debe morir.

Luego pensó en los planes que tenía para el agua del manantial y en la voz de Tuck diciendo:

—Acudirían como cerdos al fango.

Y se descubrió pensando:

—Si lo del manantial es cierto, tiene que morir. Debe morir. Por eso Mae le golpeó.

Entonces oyó cascos de caballo retumbando en el camino. Galopaba hacia el pueblo. Algo más tarde, sonaron pasos y alguien llamó a la puerta. Winnie salió de puntillas de la habitación y se agazapó en lo alto de la escalera oscura. Era el comisario. Le oyó decir:

—No hay nada que hacer, señor Foster. No podemos presentar cargos de secuestro porque su hija afirma que no existió tal secuestro. Aunque, de hecho, eso no tiene ninguna importancia. El doctor acaba de volver hace un rato. El hombre . . . ese al que usted cedió el terreno, ¿sabe?, ha muerto.

Se hizo una pausa, y luego hubo el murmullo de otras voces. Por fin, el chasquido de una cerilla y el olor acre de humo de cigarro.

—Sí, le dio un buen golpe. Ni siquiera recuperó el conocimiento. De manera que ya podemos cerrar el caso, ya que lo vi todo y soy testigo presencial. No cabe la menor duda. La ahorcarán.

Winnie volvió al cuarto y se arrojó sobre la cama. Se quedó quieta en la penumbra, tendida sobre los almohadones y con los ojos clavados en el rectángulo de la ventana, por donde penetraba la luz palpitante del calor. Era como el dolor, volvió a pensar, un dolor embotado en los márgenes del cielo. Mae había matado al hombre del traje amarillo. Y lo había hecho intencionadamente.

Una vez, Winnie mató una abeja, llevada por el miedo y la rabia, salvándose por los pelos de una picadura. La había matado golpeándola con un tomo pesado. Luego, viendo el cuerpo deshecho, las finas alas inmóviles, había deseado que viviera otra vez. Había llorado por la abeja. ¿Quizás Mae estaba llorando ahora por el hombre del traje amarillo? Pese a sus deseos de salvar al mundo, ¿estaría deseando que viviera otra vez? No había manera de averiguarlo. Sin embargo, Mae había hecho lo que creía que debía hacer. Winnie cerró los ojos para aislarse del pulso silencioso de la luz. Ahora tendría que hacer algo. No sabía qué, pero algo. Mae Tuck no debía ir al patíbulo.

22

Lo primero que hizo Winnie después del desayuno fue ir a la verja. El día aún era más caluroso que el anterior; tan asfixiante que el menor esfuerzo provocaba un chorro de calor y una sensación de fatiga en las coyunturas. Dos días antes, se habrían empeñado en que no saliera de la casa, pero aquella mañana la trataron con cuidado, un poco delicadamente, como si fuera un huevo.

—Voy afuera —les dijo.

Y contestaron:

—De acuerdo, pero entrarás si hace demasiado calor, ¿verdad, cielo? —contestaron.

—Sí —respondió.

La tierra, estéril al pie de la verja, estaba cubierta de grietas y era dura como una roca, marrón, sin vida; el camino era un pasillo de polvo que brillaba como terciopelo. Aferrada a las rejas calientes, Winnie se apoyó en la cerca y pensó en Mae, que estaba detrás de otras rejas. Al levantar la cabeza vio al sapo. Estaba arrebujado en el mismo sitio que la primera vez, al otro lado del camino.

—¡Hola! —dijo muy contenta de verle.

El sapo no movió un músculo ni parpadeó. Se le veía seco, socarrado.

—Tiene sed —se dijo Winnie—. No es raro con este día.

Se apartó de las rejas y volvió a casa.

—Abuela, ¿puedes darme un poco de agua en un plato? Hay un sapo que parece a punto de morir de sed.

—¿Un sapo? —dijo su abuela, arrugando la nariz en señal de disgusto—. Los sapos son repugnantes.

—Ese, no —dijo Winnie—. Ese siempre está ahí, y me gusta. ¿Puedo darle un poco de agua?

—Los sapos no beben agua, Winifred. No le haría nada.

—¿Nunca beben agua?

—No, la absorben por la piel, como una esponja. Cuando llueve.

—¡Pero si hace una eternidad que no llueve! —dijo Winnie alarmada—. ¿No podría tirarle un poco de agua por encima? Eso le iría bien, ¿no?

—Bueno, supongo que sí —dijo su abuela—. ¿Dónde está? ¿En el jardín?

—No —dijo Winnie—. En el camino.

—Entonces iré contigo. No quiero que salgas sola del jardín.

Pero, cuando llegaron a la cerca, Winnie con un pequeño tazón de agua en la mano, el sapo se había esfumado.

—Bueno, debe estar bien —dijo su abuela—, si ha podido saltar.

Con una mezcla de decepción y alivio, Winnie tiró el agua a la tierra seca de la verja, que la absorbió al instante, dejando una mancha marrón que se desvaneció con igual rapidez.

—Nunca he visto tanto calor, en la vida —dijo la abuela de Winnie, enjugándose inútilmente el cuello con un pañuelo—. No estés mucho rato aquí.

—No —dijo Winnie, quedándose sola de nuevo.

Se sentó en la hierba y suspiró. ¡Mae! ¿Qué podía hacer para liberarla? Cerró los ojos frente a la luz cegadora y observó, un poco aturullada, resplandecientes figuras rojas y anaranjadas danzando dentro de sus pestañas.

Y entonces, como un milagro, Jesse estaba allí, acuclillado al otro lado de la cerca.

—¡Winnie! —susurró—. ¿Estás durmiendo?

—¡Oh, Jesse! —Abrió los ojos y pasó los brazos al otro lado para cogerle la mano—. ¡Cuánto me alegro de verte! ¿Qué podemos hacer? ¡Debemos sacarla de la cárcel!

—Miles tiene un plan, aunque no creo que funcione

—dijo Jesse, cuchicheando rápidamente—. El entiende de carpintería. Dice que puede sacar el marco de la ventana de la celda de mamá por la parte de fuera, con rejas y demás; así ella podrá escapar por el hueco. Lo intentaremos esta noche, cuando haya oscurecido. La única pega es que el comisario no le quita ojo ni un segundo. Está muy orgulloso de tener a un preso en la cárcel nueva. Hemos ido a visitarla. Está bien. Pero, aunque logre salir por la ventana, él saldrá en su persecución tan pronto como descubra la fuga. Yo creo que se dará cuenta muy pronto. Lo cual quiere decir que no dispondremos de mucho tiempo para huir. Pero hay que intentarlo. No queda otra solución. En cualquier caso, he venido a despedirme. Si nos vamos, no volveremos a vernos en mucho, mucho tiempo, Winnie. Buscarán a mamá, ya sabes. Mira Winnie . . ., no nos veremos más, o al menos no en muchísimo tiempo. Oye . . ., aquí tienes una botella de agua del manantial. Consérvala. Y luego, dondequiera que estés, cuando cumplas diecisiete años, Winnie, bébetela y ven a buscarnos. Dejaremos pistas para que puedas dar con nosotros. Por favor, Winnie, di que lo harás.

Le puso la botellita entre las manos, apretándoselas luego, y Winnie cerró los dedos a su alrededor.

—¡Espera, Jesse!—musitó casi sin resuello, pues de pronto tenía la respuesta—. ¡Yo os puedo ayudar! Cuando tu madre haya salido por la ventana, me colaré dentro y ocuparé su sitio. Puedo envolverme con la manta y, cuando el comisario venga a mirar, no notará la diferencia en la oscuridad. Me ovillaré para parecer más grande. Miles puede incluso volver a poner la ventana en su sitio. ¡Así tendréis tiempo para escapar! Por lo menos tendréis hasta la mañana.

Jesse la miró de soslayo, y luego dijo:

—Sí . . . Podría salir bien. Podría ser lo que hiciera inclinar la balanza a nuestro lado. Pero no sé si papá querrá que corras riesgos. ¿Qué te dirán luego, cuando te descubran?

—No lo sé —dijo Winnie—, pero da lo mismo. Dile a tu padre que quiero ayudar. Tengo que ayudar. De no ser por mí, no se habría producido ningún problema. Dile que tengo que hacerlo.

—Bien . . ., de acuerdo. ¿Podrás salir después de anochecer?

—Sí —dijo Winnie.

—Entonces . . . hasta medianoche, Winnie. Te esperaré aquí a medianoche.

—¡Winifred! —una voz ansiosa la llamó desde la casa—. ¿Con quién hablas?

Winnie se levantó, girándose para contestar:

—No es más que un chico. Vengo enseguida.

Cuando se volvió otra vez, Jesse se había esfumado. Winnie aferró la botellita e intentó refrenar la excitación creciente que le hacía un nudo en la garganta. A medianoche, ella sería quien hiciera inclinar la balanza a un lado o a otro.

23

Fue el día más largo de todos: increíblemente caluroso, indescriptiblemente caluroso; demasiado caluroso como para moverse o incluso para pensar. El campo, el pueblo de Treegap, el bosque, todo estaba como sumido en la derrota. No se movía nada. El sol era un círculo abrumador, sin márgenes; un fragor sin ni un sonido, un resplandor tan llameante e implacable que, hasta dentro del salón de los Foster, con las cortinas corridas, parecía una presencia real. Nadie podía aislarse de él.

La madre y la abuela de Winnie se pasaron toda la tarde en el salón, gimiendo, abanicándose y sorbiendo limonada, despeinadas y sin fijarse en la postura de sus rodillas. Ese lapso en los buenos modales era algo del todo inaudito, algo que las hacía muchísimo más interesantes. Pero Winnie no estaba a su lado, sino que llevó la botellita a su cuarto y, tras esconderla en un cajón del escritorio, se sentó en la pequeña mecedora al lado de la ventana y se limitó a esperar. En el pasillo, el tic-tac del gran reloj de caja sonaba deliberadamente, sin dejarse impresionar por la impaciencia de nadie, y Winnie acabó meciéndose a su ritmo: adelante, atrás, adelante, atrás, tic, tac, tic, tac. Intentó leer, pero el pesado silencio no le dejaba concentrarse; de manera que recibió con alegría la hora de cenar. Por lo menos era algo que hacer, aunque nadie logró comer más de un bocadito.

Luego, cuando Winnie volvió a la cerca, vio que el cielo estaba cambiando. No es que se cubriera de nubes, sino que parecía condensarse desde todas las direcciones a la vez, convirtiendo el azul intenso en una especie de bruma. Después, cuando el sol se hundió de mala gana tras los árboles, la bruma se volvió más espesa y de un color parduzco brillante. En el bosque, las hojas giraron al revés, dando un tinte de plata a los árboles.

El aire era perceptiblemente más pesado y oprimía el pecho de Winnie, cortándole la respiración. Se encaminó a la casa.

—Creo que va a llover —dijo al grupo postrado en la sala, y la noticia fue recibida con leves gruñidos de gratitud.

Todos fueron a la cama temprano, cerrando con firmeza las ventanas al pasar, porque fuera, aunque casi había oscurecido, la brillante luz parduzca se deshacía en jirones que se demoraban en las aristas de las cosas y empezaba a soplar el viento en pequeñas rachas que hacían traquetear la reja y susurrar a los árboles. Un dulce perfume de lluvia permanecía suspendido en el aire.

—¡Vaya semana que hemos tenido!—dijo la abuela de Winnie—. Bueno, gracias a Dios que ya se está terminando.

Y Winnie pensó: sí, se está terminando.

Faltaban casi tres horas para la medianoche y no tenía nada que hacer. Winnie caminaba sin parar de un lado a otro de la habitación, se sentaba en la mecedora, se tendía en la cama, contaba los tictacs del reloj del pasillo. Por debajo de la excitación, sentía una fuerte culpabilidad. Por segunda vez en tres cortos días —aunque parecían muchos más—, se disponía a hacer algo prohibido. Y a sabiendas, pues no necesitaba preguntárselo a nadie.

Winnie tenía un gran sentido de la justicia. Sabía que, luego, siempre podría decir:

—¡Nunca me dijisteis que no lo hiciera!

¡Pero eso sería una completa tontería! Estaba claro que nunca se les ocurriría incluir una cosa semejante en su lista de "noes". Casi sonrió al imaginárselos.

—Mira, Winifred, recuérdalo: no te muerdas las uñas, no interrumpas a las personas que hablan y no vayas a la cárcel a medianoche para sustituir a un prisionero en su celda.

En el fondo, sin embargo, no era nada divertido.

¿Qué iba a pasar por la mañana, cuando el comisario la encontrara en la celda y tuviera que llevarla a casa por segunda vez? Winnie se removió en la mecedora e hizo un esfuerzo para tragar saliva. Bien, tendría que hacérselo comprender, de alguna manera, sin explicaciones.

El reloj del pasillo dio las once. El viento había cesado. Todo parecía hallarse en suspenso. Tendida en la cama, Winnie cerró los ojos. Al pensar en Tuck y en Mae, en Miles y en Jesse, se le enterneció el corazón. La necesitaban. Tenía que cuidarlos. Pues, de una forma curiosa que a ella le había chocado al principio, estaban desprotegidos. O eran demasiado confiados. En fin, algo por el estilo. Además, ellos la necesitaban. Y no les decepcionaría. Mae saldría en libertad. Nadie debía descubrir —Winnie no habría debido descubrir— que Mae no podía ... Pero Winnie ahuyentó la imagen del cerebro, el horror que revelaría el secreto. Dirigió sus pensamientos hacia Jesse. Cuando tuviera diecisiete años, ¿lo haría? Si era verdad, ¿lo haría? Y de hacerlo, ¿se arrepentiría más tarde? Tuck había dicho:

—Nadie puede saber lo que es eso sin haberlo experimentado.

Pero no, no era verdad. Y ahora, en su habitación, se daba cuenta: probablemente estaban locos y nada más. Pero los quería igualmente. La necesitaban. Con ese pensamiento, Winnie se quedó dormida.

Algo después, despertó con un estremecimiento y se incorporó en la cama, alarmada. El tic-tac del reloj sonaba firmemente; la oscuridad era completa. Afuera, la noche parecía moverse de puntillas, conteniendo la respiración, en espera de la tormenta. Winnie salió al pasillo sin hacer ruido y frunció el ceño ante el rostro del reloj envuelto en sombras. Al final pudo saber la hora, pues los números romanos negros se distinguían en el fondo blanco y las manecillas de bronce brillaban débilmente. La aguja larga avanzó con una sacudida y un fuerte chasquido. No se le había pasado la hora: faltaban cinco minutos para la medianoche.

24

Salir de la casa fue tan fácil que Winnie se sintió un tanto sorprendida. Esperaba que, en cuanto pusiera los pies en la escalera, todo el mundo saltaría de la cama y la rodearían con ojos acusadores. Pero no se movió nadie. Se percató con asombro que, de quererlo, podría salir todas las noches sin que se enterasen. La idea le hizo sentirse más culpable que nunca, pues otra vez se había aprovechado de su confianza. Pero esta noche, por última vez, tenía que hacerlo. No había otra alternativa. Abrió la puerta y salió a la pesada noche de agosto.

Salir de la finca fue como salir de un mundo real e internarse en un sueño. Su cuerpo carecía de peso y tuvo la sensación de bajar flotando hacia la cerca. Jesse estaba esperándola. Ninguno de los dos habló. La cogió de la mano y echaron a correr juntos, ligeros, por el camino, bordeando otras fincas dormidas, hasta llegar al centro del pueblo, vacío y tenebroso. Los grandes escaparates eran ojos vendados que no tenían ninguna importancia, pues apenas les veían ni devolvían sus reflejos. El taller del herrero, el molino, la iglesia, las tiendas, tan bulliciosos y vivos de día, estaban encogidos y desiertos, formas y volúmenes oscuros sin propósito ni sentido. Más allá, Winnie advirtió la cárcel, la madera nueva aún sin pintar, la luz de la lámpara vertiéndose por una ventana de la fachada. Y al fondo, en el patio trasero, como una gran L invertida, la horca.

En el cielo se encendió un fulgor blanco. Pero ahora no se debía a la luz del calor, pues, poco después, un estruendo sordo, aún lejano, presagió por fin la tormenta que se avecinaba. Una brisa fresca levantó el cabello de Winnie y, en algún punto del pueblo, a sus espaldas, ladró un perro.

A medida que Winnie y Jesse se acercaban, dos sombras se destacaron en la oscuridad. Tuck la atrajo hacia sí y la abrazó con fuerza, y Miles le estrujó la mano. Nadie dijo una palabra. Los cuatro se deslizaron hasta la parte trasera del edificio. Allí, demasiado alta para Winnie, había una ventana enrejada por la que brillaba débilmente la luz procedente del otro lado del edificio. Winnie miró hacia las rejas negras por entre las que pasaba un suave destello dorado. Unas estrofas de un antiguo poema acudieron a su cerebro:

Muros de piedra no hacen una cárcel,
Ni rejas de hierro, una celda.

Las estrofas se repitieron una y otra vez en su cerebro hasta perder todo sentido. Retumbó otro trueno. La tormenta se estaba acercando.

Al instante, Miles estaba subido en una caja y derramaba aceite en el marco de la ventana. Una racha de viento llevó su aroma denso y rico hasta la nariz de Winnie. Tuck le pasó una herramienta y Miles se puso a forcejear con los clavos que sujetaban el marco. Miles entendía de carpintería. Miles podía hacerlo. Winnie se estremeció y cogió con fuerza la mano de Jesse. Arrancó el primer clavo. Luego otro. Tuck extendía la mano para recogerlos a medida que iban cediendo uno por uno. El cuarto clavo rechinó, y Miles echó más aceite.

Al otro lado de la cárcel, el comisario bostezó ruidosamente y empezó a silbar. El silbido se acercó. Miles saltó de la caja. Oyeron los pasos del comisario acercándose a la celda de Mae. Una puerta de hierro chirrió. Luego, los pasos se alejaron y el silbido se hizo más débil. Una puerta interior se cerró, desapareciendo el destello de la lámpara.

Sin perder un segundo, Miles subió de nuevo a la

caja y volvió a luchar con los clavos. Arrancó el octavo, el noveno, el décimo. Winnie los iba contando mientras, por detrás de sus cuentas, su cerebro canturreaba:

Muros de piedra no hacen una cárcel.

Miles le dio las tenazas a Tuck. Se agarró con firmeza de las rejas, listo para tirar de ellas, y se quedó quieto. "¿A qué espera? —pensó Winnie—. ¿Por qué no . . .?"

Entonces, se oyó el fogonazo de un rayo y, poco después, el fragor del trueno. En medio del ruido, Miles dio un fuerte tirón, pero la ventana no cedió.

El trueno se alejó. Winnie tenía el corazón en un puño. ¿Y si todo resultaba inútil? ¿Y si la ventana no salía? ¿Y si . . .? Miró por encima del hombro la siniestra silueta del patíbulo y se estremeció.

De nuevo, el resplandor de un rayo, ahora acompañado de un estruendo ensordecedor. Miles volvió a tirar. El marco le quedó en las manos y, agarrado de las rejas, se cayó de la caja. Misión cumplida.

Dos brazos aparecieron en el hueco. ¡Mae! Asomó la cabeza. Estaba demasiado oscuro para verle la cara. La ventana . . . ¿Y si era demasiado pequeña para su corpachón? ¿Y si…? Pero ya había logrado pasar los hombros. Emitió un suave gruñido. Un nuevo fogonazo le iluminó la cara durante un momento, y Winnie percibió en ella una intensa concentración, la punta de la lengua asomando, las cejas contraídas por el esfuerzo.

Tuck se subió a la caja para ayudarla, ofreciéndole los hombros como apoyo, mientras Miles y Jesse, uno a cada lado, con los brazos extendidos, esperaban la salida de aquella mole. Por fin salieron las caderas — ¡eh, cuidado ahora, allá va!—, las astillas de la ventana le desgarraron la falda, los brazos tantearon el aire y todos acabaron en un revoltijo por tierra. El fragor de un nuevo trueno amortiguó la carcajada exultante de Jesse. Mae estaba libre.

Winnie le apretó las manos temblorosas con gratitud. Entonces, la primera gota le cayó en la punta de la nariz. Los Tuck interrumpieron sus abrazos y se volvieron hacia ella. Uno por uno, mientras empezaba a llover, la abrazaron y besaron. Ella les devolvió los besos, uno por uno. ¿Era lluvia lo que tenía Mae en la cara? ¿O Tuck? ¿O lágrimas? Jesse fue el último. La rodeó con los brazos y la abrazó con fuerza, murmurando una sola palabra:

—¡Recuérdalo!

Acto seguido, Miles volvió a subir en la caja y la levantó en brazos. Ella se cogió del marco de la ventana y esperó con él. El siguiente trueno desgarró el cielo con su bramido y, mientras se arrastraba, se escurrió por el hueco y cayó en el camastro, ilesa. Miró el rectángulo abierto y vio las manos de Miles sujetando las rejas. Cuando otro trueno se acercaba al pueblo, las puso en su sitio. ¿Miles pensaba clavar otra vez el marco? Aguardó.

Ahora llovía a mares y el agua, guiada por el viento, caía oblicuamente en la noche. Chisporroteó un rayo, dejando un costurón zigzagueante en el cielo, y el trueno sacudió el pequeño edificio. La tensión de la tierra sedienta se aflojó y desapareció. Winnie notó su partida. Los músculos del estómago se le aflojaron y, de repente, se sintió exhausta.

Siguió esperando. ¿Miles volvería a clavar el marco? Al fin, alzándose de puntillas en el camastro, se agarró de las rejas y se izó a pulso hasta que pudo ver al otro lado. La lluvia le azotó el rostro, pero, al siguiente rayo, vio el patio desierto. Y antes de que retumbara el trueno, creyó oír, desvaneciéndose a lo lejos, la melodía tintineante de la caja de música. Los Tuck —sus queridos Tuck— se habían ido.

Habían pasado algunos días desde la primera semana de agosto. Y ahora, aunque aún faltaban varias semanas para el otoño, daba la impresión de que el año ya había emprendido su curva descendente, de que la rueda volvía a girar, lentamente todavía, pero acelerándose poco a poco, girando una vez más en su inmutable recorrido siempre cambiante. Al pie de la cerca de la finca "Mírame y no me toques", Winnie percibía la nueva nota que palpitaba en el canto de los pájaros. Volaban en bandadas como nubes. Ascendían y charlaban por encima del bosque, quedándose un momento en suspenso antes de volver a remontarse en el cielo. Al otro lado del camino florecían las varas de San José y unos algodoncillos secos abrían sus vainas, dejando ver multitud de semillas de cabeza aterciopelada. Mientras las miraba, una súbita brisa arrancó una de esas semillas, que se alejó volando reposadamente, mientras las demás se inclinaban en sus vainas, como si quisieran presenciar su marcha.

Winnie se dejó caer con las piernas cruzadas en la hierba. Habían pasado dos semanas desde la noche de la tormenta, desde la noche de la evasión de Mae Tuck, y aún no habían logrado encontrarla. No había ni rastro de ella, ni de Tuck, Miles o Jesse. Winnie se sentía profundamente agradecida por eso, pero también profundamente cansada. Habían sido dos semanas exasperantes.

Volvió a recrearlo todo por centésima vez: el comisario había entrado en la celda poco después de haberse metido ella en la cama, había cerrado el postigo de la ventana para evitar que entrara la lluvia y se había quedado al pie del camastro, mientras ella yacía encorvada bajo la manta, respirando ruidosamente, procurando parecer lo más voluminosa posible. Al final se había ido y no había vuelto hasta la mañana.

Ella no se había atrevido a dormir, por miedo a quitarse la manta de encima sin darse cuenta y delatarse, o delatar a los Tuck. De manera que había permanecido con los ojos abiertos como platos, notando el pulso retumbándole en las sienes. Nunca olvidaría el repiqueteo de la lluvia en el techo de la cárcel, ni el olor de la madera mojada, ni la oscuridad que les había salvado a todos. Ni lo difícil que había sido no toser. Le vinieron ganas de toser en cuanto pensó que no debía hacerlo por nada en el mundo, y se pasó una eterna hora tragando saliva para quitarse el perverso cosquilleo que se le adhería a la garganta. Nunca olvidaría tampoco el estruendo que se oyó afuera y que le encogió el corazón, que no pudo investigar y que no comprendió hasta la mañana siguiente, cuando, camino de casa, vio que el viento había derribado la horca.

Pero —¡oh!— aún temblaba por el recuerdo de la cara del comisario cuando la descubrió. Primero oyó ruido en la puerta de la cárcel y olió a café recién hecho. Se incorporó en la cama, sobrecogida de pavor. Entonces, se abrió la puerta interior —la puerta, ahora la podía ver, que separaba la oficina de las dos celdas— y, en la luz que le precedió, apareció el comisario con la bandeja del desayuno. Silbaba satisfecho. Al llegar a las rejas y mirar dentro de la celda, el silbido se le extinguió en los labios como si se hubiera agotado y necesitara que le volvieran a dar cuerda. Pero esa cómica perplejidad sólo duró un momento. Entonces, la rabia le tiñó de rojo la cara.

Winnie se sentó en el camastro, con la mirada baja, sintiéndose muy pequeña, casi como una criminal. Y en efecto, el comisario enseguida se puso a gritar que, si fuera mayor, debería mantenerla encerrada, pues lo que había hecho era un crimen. Winnie era una . . . una cómplice.

Había ayudado a escapar a una asesina. Era una criminal. Aunque demasiado joven para ser castigada por la ley. Lo cual era una desgracia, añadió, pues merecía un castigo severo.

Luego fue entregada en custodia a sus padres. Esas palabras nuevas, "cómplice" y "custodia", le helaron la sangre. Le preguntaron una y otra vez, al principio asombrados y luego ávidos, ¿por qué había hecho una cosa semejante? ¿Por qué? Era hija suya. Habían confiado en ella. Habían intentado criarla correctamente para que aprendiera a distinguir el bien del mal. No podían comprenderlo. Hasta que, por fin, entre sollozos y aplastando el rostro en el hombro de su madre, dijo la única verdad: los Tuck eran sus amigos. Lo había hecho porque, pese a todo, los quería.

Eso fue lo único que consiguió entender su familia. Entonces, todos se apiñaron a su alrededor para restañarle la herida. A partir de ahora tendrían mala fama en el pueblo, Winnie lo sabía, y la idea le causó dolor, pues eran gente orgullosa. Y ella les había avergonzado. Sin embargo, eso tuvo algunas consecuencias positivas, al menos para Winnie. Aunque estaba indefinidamente confinada en el jardín y no podía salir para nada, ni siquiera con su madre o su abuela, los otros niños se acercaban a verla y hablar con ella a través de la cerca. Estaban impresionados por lo que había hecho. Para ellos, se había convertido en un personaje novelesco, mientras que antes había sido una cursi y una engreída; demasiado pura, por así decirlo, para ser una verdadera amiga.

Winnie suspiró y arrancó la hierba que le rodeaba

los tobillos. Pronto empezaría la escuela. No estaría nada mal. De hecho, pensó sintiéndose más animada, este año podía ser bastante agradable.

Luego sucedieron dos cosas. Primero, apareció el sapo de entre los arbustos, ahora a este lado del camino. Salió de un bote de debajo de unos dientes de león y aterrizó —¡plop!— justo al otro lado de la cerca. Si hubiese pasado las manos por entre las rejas, lo habría tocado. A continuación, un enorme perro pardo, de paso desmañado y lengua pendulante, se acercó correteando por el camino. Se detuvo al otro lado de las rejas y se quedó mirando a Winnie con un amistoso movimiento de cola; entonces vio el sapo. Se echó a ladrar con los ojos brillantes. Saltó sobre las patas delanteras, mientras los cuartos traseros le iban de un lado a otro frenéticamente, acercando el hocico al sapo y con una nota de entusiasmo en la voz.

—¡No! —gritó Winnie, poniéndose en pie y agitando las manos—. ¡Lárgate, perro! ¡Basta! ¡Lárgate! ¡Fuera!

El perro se detuvo. Miró los saltos frenéticos de Winnie y, luego, al sapo, que se había aplastado contra el polvo, cerrando los ojos con todas sus fuerzas. Era demasiado para él. Se puso a ladrar de nuevo, estirando una larga pata.

—¡Oh! —chilló Winnie—. Oh . . . ¡No hagas eso! ¡Deja en paz mi sapo!

Y antes de darse cuenta de lo que hacía, se agachó

y, pasando las manos por entre las rejas, agarró el sapo y lo trasladó a su lado, dejándolo caer en la hierba.

La invadió una sensación de repugnancia. Mientras el perro gemía y rascaba inútilmente la cerca con las patas, ella permaneció rígida, mirando fijamente al sapo y restregándose la mano una y otra vez con la falda. Entonces, recordó el tacto del sapo y el asco se le fue. Se arrodilló y le tocó la piel del lomo. Era tosco y suave a la vez. Y fresco.

Winnie se levantó y miró al perro. Estaba esperando al otro lado de la cerca y la miraba cariñosamente con la cabeza ladeada.

—¡Es mi sapo! —le dijo Winnie—. Así que más vale que lo dejes en paz.

Entonces, obedeciendo a un impulso, dio media vuelta y echó a correr hasta la casa, subiendo a su habitación y yendo al escritorio donde había escondido la botellita de Jesse, la botellita de agua del manantial. Al cabo de un momento estaba de nuevo en el mismo sitio. El sapo seguía acurrucado en el lugar donde lo había dejado, y el perro aún esperaba al otro lado de la cerca. Winnie sacó el tapón de corcho de la botella y, arrodillándose, vertió, lenta y cuidadosamente, la preciosa agua sobre el sapo.

El perro observó la operación y, luego, bostezando, se sintió muy aburrido y, girándose, volvió sobre sus pasos en dirección al pueblo. Winnie levantó el sapo y lo tuvo en la palma de la mano durante un largo rato, sin el menor asco. Tranquilo, el sapo se quedó quieto, parpadeando, mientras el agua le resbalaba por el lomo.

Ahora la botellita estaba vacía a los pies de Winnie. Pero, si todo era verdad, había más agua en el bosque. Mucha más. Sólo por si acaso. Cuando tuviera diecisiete años. En caso de tomar la decisión, había más agua en el bosque. Winnie sonrió. Luego, se inclinó y pasó la mano al otro lado de la reja, soltando al sapo.

—¡Vete!—dijo—. Ahora estás a salvo. Para siempre.

Epílogo

El cartel decía BIENVENIDOS A TREEGAP, pero costaba creer que se tratara realmente de Treegap. La calle mayor no había cambiado demasiado, pero existían muchas otras calles que desembocaban en la calle mayor. El camino había sido asfaltado y una línea blanca lo dividía por la mitad.

Mae y Tuck, en el asiento de un carro traqueteante arrastrado por el viejo y gordo caballo, entraron lentamente en Treegap. Habían presenciado incontables cambios y estaban acostumbrados, pero aquí parecían impresionantes y tristes.

—Mira —dijo Tuck—. Mira, Mae. ¿No estaba ahí el bosque? ¡Ha desaparecido! ¡No queda ni un árbol! Y la finca . . . ¡Ha desaparecido también!

Costaba mucho reconocer algo, pero pensaron que, desde la pequeña loma, que antes estaba fuera del pueblo y ahora era casi por completo parte de él, podrían identificar las cosas.

—Sí —dijo Mae—, estaba ahí, creo. Claro que ha pasado tanto tiempo que no lo puedo afirmar con seguridad.

Una gasolinera ocupaba su lugar. Un joven embutido en un mono grasiento limpiaba el parabrisas de un automóvil Hudson ancho y cubierto de polvo. Cuando Mae y Tuck pasaron, el joven sonrió y dijo al conductor del Hudson, arrellanado ante el volante:

—Mire eso. Han venido del campo para echar una canita al aire.

Y ambos se rieron juntos.

Mae y Tuck llegaron al pueblo propiamente dicho, tras pasar por una liberal mezcla de casas que pronto dejaron paso a tiendas y otros negocios: un puesto de perros calientes, una tintorería, una farmacia, un almacén de gangas, otra gasolinera, un alto edificio blanco de madera con una bonita terraza, el Hotel-Restaurante Treegap, Buenos Precios, Correos y, a continuación, la cárcel, aunque ahora era una cárcel más grande, pintada de marrón, con una oficina para el secretario del condado. Un coche de policía blanco y negro estaba aparcado enfrente, con una luz roja en el techo y una antena sujeta al parabrisas, como el látigo de una calesa.

Mae miró la cárcel, pero desvió los ojos rápidamente.

—¡Fíjate en ese bar! —dijo señalando hacia el fondo—. ¿Qué te parece si vamos a tomar una taza de café? ¿De acuerdo?

—De acuerdo —dijo Tuck—. Igual saben algo.

Dentro, el bar estaba lleno de cromados brillantes y olía a linóleo y ketchup. Mae y Tuck se instalaron en los taburetes giratorios de la larga barra. El camarero salió de la cocina situada en la parte trasera y los catalogó con ojo experto. Parecían buena gente. Un poco peculiares, quizás, sobre todo sus ropas, pero honestos. Dejó un menú delante de ellos y se reclinó en el espumeante refrigerador de naranjada.

—¿Vienen de muy lejos, amigos? —preguntó.

—Sí —dijo Tuck—. Sólo estamos de paso.

—Ya —dijo el camarero.

—Oiga —dijo Tuck con cautela, pasando las páginas del menú—. ¿No había antes por aquí un bosque, al otro lado del pueblo?

—Sí —dijo el camarero—. Hubo una fuerte tormenta eléctrica, hará cosa de tres años más o menos. Un rayo alcanzó un gran árbol, rajándolo en dos. Hubo un incendio y todo. También reventó el suelo. Tuvieron que venir con bulldozers a aplanarlo.

—Oh —dijo Tuck.

Mae y él intercambiaron una mirada.

—Café, por favor —dijo Mae—. Solo. Para los dos.

—Claro —dijo el camarero.

Se llevó el menú, echó café en sendos tazones de

cerámica y volvió a apoyarse en el refrigerador de naranjada.

—En ese bosque había un manantial, ¿no? —dijo Tuck con deliberación mientras iba dando sorbos al café.

—No sé nada de eso —dijo el camarero—. Los bulldozers lo aplanaron todo, como les he dicho.

—Oh —dijo Tuck.

Más tarde, mientras Mae compraba provisiones Tuck desanduvo el camino a pie —volvió por donde habían entrado— y se dirigió a la pequeña loma. Allí había casas y un almacén de granos, pero, al otro lado de la loma, vio un cementerio rodeado por una irregular cerca metálica.

A Tuck se le disparó el corazón. Había reparado en el cementerio al llegar. Mae también lo había visto. No habían comentado nada al respecto. Pero ambos sabían que en él podían hallarse más respuestas. Tuck se estiró la vieja chaqueta. Pasó una arcada de hierro forjado y se detuvo, observando las hileras de tumbas donde crecían hierbajos. Entonces, al fondo a la derecha, vio un gran monumento, antaño sin duda imponente, pero ahora ligeramente ladeado. Había un nombre inscrito en él: Foster.

Lentamente, Tuck dirigió sus pasos hacia el monumento y, mientras se acercaba, vio que había otras lápidas más pequeñas a su alrededor. Era una parcela familiar. Se le hizo un nudo en la garganta. Porque estaba allí. Había deseado que estuviera, pero ahora, viéndolo, una profunda tristeza le embargó. Se arrodilló y leyó la inscripción:

En Memoria
Winifred Foster Jackson
Amada Esposa
Amada Madre
1870-1948

—Vaya —se dijo Tuck—. Dos años. Murió hace dos años.

Se enderezó y miró alrededor, embarazado, intentando quitarse el nudo de la garganta. Pero no había nadie que pudiera verle. El cementerio estaba en silencio. Un mirlo de alas rojas trinó desde las ramas de un sauce. Tuck se enjugó los ojos rápidamente. Luego, volvió a estirarse la chaqueta y levantó la mano en un breve saludo.

—Buena chica —dijo en voz alta y, volviéndose, se fue del cementerio a buen paso.

Más tarde, cuando Mae y él salían de Treegap, Mae dijo suavemente, sin mirarle:

—¿Ha muerto?

—Ha muerto —contestó.

Tras un largo silencio, Mae dijo:

—Pobre Jesse.

—El ya lo sabía, sin embargo —dijo Tuck—. Por lo

menos ya sabía que ella no iba a venir. Todos nosotros lo sabíamos desde hace mucho tiempo.

—Es lo mismo —dijo Mae. Suspiró y, luego, se irguió un poco en el asiento—. Bien, ¿adónde ahora, Tuck? Ya no es necesario volver aquí nunca más.

—Así es —dijo Tuck—. Sigamos en esta dirección. Algo encontraremos.

—De acuerdo —dijo Mae. Entonces, le puso la mano en el brazo y señaló—: Mira ese sapo.

Tuck también lo había visto. Tiró de las riendas y bajó del carro. El sapo estaba acurrucado en medio del camino, completamente indiferente. Una camioneta de reparto vino por el otro carril y el sapo cerró los ojos con todas sus fuerzas para protegerse de la brisa que levantaba al pasar, pero no se movió. Tuck esperó que la camioneta hubiera pasado. Luego, cogiendo el sapo, lo depositó en las hierbas que crecían a un lado del camino.

—Ese tonto debe creer que va a vivir para siempre —dijo a Mae.

Acto seguido, reemprendieron la marcha y, mientras se alejaban de Treegap, la tintineante melodía de una caja de música flotó en el aire, perdiéndose al fondo del camino.